사랑이 어렵고 관계에 지칠 때 알아야 할

사랑에 관한
거의 모든 기술

사랑이 어렵고 관계에 지칠 때 알아야 할

사랑에 관한
거의 모든 기술

김달 에세이

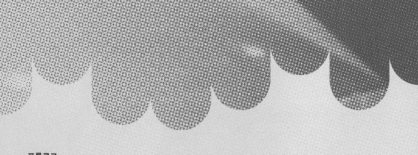

① ⟶

흔들리지 않는 사랑의 조건

돈, 시간, 노력을 낭비하지 않는 사랑의 기술

②————▶

갈등의 이유
다툼이 파국으로 치닫지 않으려면

③

이별과 재회의 법칙

사랑했던 것을 현명하게 버리는 용기

④————▶

결혼, 또 다른 시작

결혼은 가장 사랑하는 사람과 하는 것이 아니다

더 늦기 전에,
지금 반드시
알아야 할 것들

어른이 되고 많은 사람을 만나도
여전히 사랑과 인간관계를 어려워하는 사람이 많습니다.
하지만 사적이고 민감한 문제를 누구에게 털어놓기 쉽지
않은 게 현실입니다.

사람과 관계의 수만큼 다양한 고민이 있지만
사실 해결 방법은 그리 다르지 않습니다.
몇 가지 원칙과 기술 그리고 마음가짐을 익히면
현명한 판단을 내리며 고민을 줄여갈 수 있습니다.

하지만 그런 건 어디에서도 가르쳐주지 않죠.
그래서 어른들을 위한 사랑의 기술과
관계의 역학에 관한 책이
필요하다는 생각을 했습니다.

처음 만나서 관계가 시작되고
사랑을 유지하고,
때때로 발생하는 갈등에 대처하고
이별하거나, 재회하며
결혼에 이르는 순간까지.

관계의 기승전결을 따라

가장 많은 사람이 고민하는 문제와

해결법을 깊이 고민해보았습니다.

따라가다 보면 어렵게만 느껴지던 사랑과 관계의 원리가 보일 것입니다.

그리하여 유연하게 관계의 파도를 타며

앞으로 나아갈 수 있게 될 것입니다.

사랑하는 마음이 모든 걸 해결해줄 거라고
착각하는 사람이 많습니다.
생각보다 많은 사람이
감정에 치우쳐서 왜곡된 관계에 빠지고
때로는 잘못된 '감'으로 다른 이의 마음을 파악하려 애씁니다.

하지만 다른 어떤 상황에서보다
이성적이고 논리적인 생각과 태도가 필요한 것이
사랑과 인간관계입니다.
그래야 자신의 진심을 적절히 전달할 수 있고
상대의 의도를 알아차릴 수 있으며
갈등과 위기를 극복할 수 있습니다.

이 책에는 관계를 시작할 때 꼭 알아야 할 것들부터

서로 알아나가는 과정에서 기억해야 할 것들,

갈등과 다툼 속에서도 내 마음을 지키는 방법,

결혼을 결정하고 결혼생활을 하면서 명심해야 할 것들까지

사랑의 시작에서 결혼까지, 더 늦기 전에 알아둬야 할

거의 모든 관계의 기술을 담았습니다.

세상에서 가장 행복한 사람은
좋은 사람들과 함께하는 사람입니다.
거꾸로 말하면
사람들과의 관계가 힘든 게 가장 괴로운 일입니다.

사랑에도 학습이 필요합니다.
더 늦기 전에, 치열하게 고민하면서
사랑의 기술을 익혀야 합니다.
부디 이 책을 통해 좋은 관계를 만들고 유지하면서
당신의 삶이 더욱 풍요롭고 따뜻해지길
진심으로 바랍니다.

김달

흔들리지 않는 사랑의 조건

돈, 시간, 노력을
낭비하지 않는
사랑의 기술

시작하는
단계에서는
속도 조절이 필요하다

잘해주는 것밖에 가진 게 없는 사람.
이런 사람이 되지 않기 위해서는
세 가지 조건을 갖추려고 노력해야 한다.

최근 두 번의 연애를 했지만 모두 짧게 끝난 사람의 이야기다. 두 번 다 상대방이 이별을 통보하며 같은 말을 건넸다.

"네가 나를 좋아하는 만큼 너를 좋아해줄 자신이 없어. 너무 미안해."

이쯤 되니 이런 생각이 들 수밖에 없었다.

'나한테 문제가 있는 걸까?'

상대방이 당신을 진심으로 좋아했다면 마음에 안 드는 점이 있더라도 고치게 하려고 했을 것이다. 그런데 일방적으로 생각을 정리하고 통보했다는 건, 당신한테 그렇게 빠지지는 않았다는 뜻이다.

내 경험에 비추어 얘기해보겠다. 실패했던 연애와 나름 괜찮았던 연애는 '만남의 초반에 내가 그 사람에 대해 어떤 마음을 가졌느냐'에 따라 달라졌다. 실패했던 연애는 하나같이 시작할 때부터 흠뻑 빠져서 아주 잘해주려고 했다.

'어떻게 하면 이 사람이 더 좋아할까, 이거 해주고 싶다, 저거 해주고 싶다, 그러면 이 사람도 나한테 이렇게 해주겠지.'

이런 마음으로 가득 차 있었다.

반면 연애가 순탄했을 때는 그런 생각이 없었다. 좋아하지 않아서가 아니라, 상대방한테만 꽂혀서 주변이 안 보일 정도는 아니었다는 뜻이다. 그런데 오히려 그럴 때 결과적으로 더 길고 행복한 사랑을 했다.

이성을 만날 때 너무 잘해주는 것에만 집중하면 매력이 반감된다. 상대방에게 당신이 너무 절실하게 이 관계를 이어나가고 싶어 한다는 생각이 지나치게 들게 하면 안 된다. 오해하지 말자. 만남을 시작하고서도 그렇게 하라는 게 아니다. 나쁜 연인이 되라는 것도 아니다.

시작하는 시기에는 속도 조절할 필요가 있다는 뜻이다. 너무 애정을 퍼붓기만 하면 상대방은 뒷걸음치기 쉽다.

그런데 많은 사람이 이런 실수를 한다. 내가 좋아하는 사람이 나를 좋아해주면 더 잘해주고 싶은 게 사람 마음이니까.

'하이퍼가미(Hypergamy)'라는 말이 있다.
우리말로 하면 '상향혼',
즉 자기보다 나은 상대방을 원하는 본능을 뜻한다.

이건 많은 사람에게 내재된 본능이 아닐까 싶다. 여기서 더 낫다는 건 '모든 것'을 뜻한다. 신분사회에서는 계급을 뜻하기도 하고, 경제적 능력이나 외모, 내가 원하는 걸 잘 캐치하는 능력까지. 이런 관점에서 일반적으로 이성에게 호감을 줄 수 있는 사람의 조건으로는 세 가지가 있다.

① 경제적 능력을 가진 사람
② 자신이 가지지 못한 다른 부분을 가진 사람
③ 함께할 때 즐겁고 편안하다는 느낌을 주는 사람

이 세 박자가 잘 맞으면 더할 나위 없다. 반면에 만약 당신이 이 세 조건과 거리가 먼데 상대방을 꼭 만나고 싶다면? 잘해주는 것밖에 방법이 없다.

이때 많은 사람이 쉽게 착각을 한다.
'이렇게 잘해주는 사람은 없다'고 착각하고
깊게 빠지는 것이다.

그러나 그 사람이 나한테 잘해주는 이유는
잘해주는 것 말고는 가진 게 없기 때문일 수 있다.

계산이 빠른 사람은 일찌감치 손해 보지 않는 단계에서
관계를 끝낸다.

잘해주는 것밖에 가진 게 없는 사람. 이런 사람이 되지 않기 위해서는 최소한 세 가지 조건을 갖추려고 노력해야 한다. '누군가를 사귀려고 이렇게까지 해야 해?'라고 생각하지 마라. 그 사람이 아니라 당신 인생을 위해서 하는 것이기도 하니까.

　단, 이런 것을 다 갖추고 나면 자만에 빠지는 자들이 있다. 자기가 뭐라도 된 것처럼 웬만한 사람은 성에 안 찬다는 듯 행동한다. 콧대가 하늘을 찔러서 이성을 쉽게 대한다. 그 결말은 혼자 남는 것뿐이다.

　누군가를 건강하게 만날 조건을 갖추고, 혼자서도 온전할 준비를 하고 나서 이제야 제대로 된 관계를 이어갈 수 있겠다고 여겨야 한다. 그런 후에 눈앞의 상대방에게 최선을 다하려고 노력해야 한다.

꼭 알아둬야 할
관계 초반의 마음가짐

연인 외에 다른 인간관계도 잘 유지하고
자기 시간도 가질 줄 아는 게 가장 좋은 연애다.
자신의 일상을 소중히 여기는 사람일수록
특별하게 느껴진다.

관심 있는 이성과 통화하는 상황을 가정해보자. A와 B라는 사람이 있다.

A 나 친구 만나서 카페에서 얘기하고 있어.
B 친구랑 미술관 왔어.

둘 중 상대방에게 더 특별하게 여겨지는 사람은 누구일까? 바로 B다. 카페가 아니라 미술관에 가서일까? 그런 이유도 있지만 카페를 술집으로 바꾸고, 미술관을 공연이나 뮤지컬 등으로 바꿔도 답은 마찬가지다.

여기서 핵심은 이것이다. 연인이 있다면 미술관이나 공연에 가는 건 대부분 그 상대와 우선순위로 하고 싶은 일이다. 그런데 연인이 아닌 친구랑 간단다.

이때 본인과 같이 하지 않는다고 서운해하는 사람도 물론 있을 수 있다. 아직 나이가 어리거나 좋아하는 마음이 더 큰 경우, 그럴 가능성이 크다. 그런데 누구라도 나이도 어느 정도 들었고 경험도 있다면, 맨날 자신과 놀아달라고 보채는 상대보다 이런 여유를 가진 사람이 훨씬 돋보이는 법이다. 그렇다고 해서 상대를 별로 안 좋아한다는 뜻은 아니다.

포인트는 두 가지다.

① '꼭 연인과 함께'가 아니어도 미술관, 공연 같은 곳을 잘 다닌다.

② 연애만 했다 하면 연인과의 데이트 외에 '자기 시간은 없는 사람'이 아니다.

상대방은 이 두 가지를 인식하게 된다.

연애의 가장 기본은

연인이 나와 대부분의 시간을 보내지 않아도 된다는

사실을 받아들이는 것이다.

이게 가장 어려우면서도 반드시 가져야 할 마음가짐이다. 그래야 두 사람 모두 성장하면서 오래 사랑할 수 있다. 연인 외에 다른 인간관계도 잘 유지하고 자기 시간도 가질 줄 아는 게 가장 좋은 연애다. 중요한 건 상대방에게도 이런 사람이 특별하게 느껴진다는 것이다.

헷갈리게 하는 사람의
마음을 아는 법

어느 정도 관계를 다졌다 싶으면 그때 손을 잡아볼 것.
그럼 그다음 날 결과를 확인할 수 있다.

당장의 반응이 아닌, 손을 잡은 다음 날 반응을 보라.
그러면 상대가 내게 빠졌는지 아닌지
명확해진다.

"이상형에 가까운 이성과 시간을 보내면서 서로 좋아하는 감정이 있다는 걸 확인했어요. 이제 안정기에 접어들었다 싶었죠. 그래서 연락 패턴을 바꾸기로 했어요. 지금까지는 자주 연락했는데, 일을 우선으로 하고 어느 정도 시간을 두고 연락하기 시작했죠. 그랬더니 상대방도 비슷한 패턴으로 연락을 주는 거예요. 심지어 하루는 연락이 안 되기도 했고요.

'어, 이러다 썸이 깨지는 것 아닌가?'

문득 불안해지더라고요. 진짜 나를 좋아하는 건가 싶어졌어요."

관계의 초기에 가장 큰 고민은 '알 수 없는 상대의 감정'이다. 나만 너무 앞서나가며 좋아하고 있는 것은 아닌지, 상대방도 나에 대해 진지하게 생각하고 있는지 궁금한데 알 수 없어 헷갈리는 것이다. 이날도 같은 고민을 들은 경우였다.

연애를 못 하는 사람의 특징은
'이게 옳다'라고 생각하는
자기만의 전형적인 공식이 있다는 것이다.
그 공식대로 안 흘러가면 불안을 느낀다.

상대방은 다른 이유로 연락을 드문드문한 것일 수도 있는데, 그게 내 행동의 결과라고 생각한다. 내가 연락을 자주

하지 않아서 상대방도 그러는 거라고, 혹은 내가 연락을 드물게 하면 상대방은 더 적극적으로 연락할 것이라고 착각한다.

이런 마음으로 전전긍긍하며 연애를 시작하면, 사귀게 되어도 자기 생각의 틀에 갇혀서 괴로워하며 관계를 망칠 게 뻔하다. 좀 더 의연해질 필요가 있다. 상대방의 행동을 좀 더 자연스럽게 받아들여도 된다.

이런 적이 있지 않은가? 똑같은 사람인데 어제 만났을 때는 심장이 터질 것처럼 매력적으로 느껴졌다가, 오늘 만났더니 그런 감정이 들지 않을 때. 또 그다음 날은 어제와 오늘의 중간 정도로 감정이 느껴질 때.

이처럼 감정은 파도와 같다.

나의 감정도 커졌다 작아지고, 상대방 또한 마찬가지다.

단순한 어떤 공식이나 패턴만으로

상대의 마음을 파악할 수는 없다.

관계의 초반일수록 조급해하지 말고, 당분간은 차분히 상대방의 상황을 먼저 살펴라. 그럼에도 불구하고 상대의 감정이 헷갈려 답답할 때는 단 한 가지, 나와 상대의 감정을 확인할 수 있는 행동이 있다.

어느 정도 관계를 다졌다 싶으면 그때 손을 잡아보는 것이다. 그럼 그다음 날 결과를 알 수 있다. 지금 당장의 반응

말고 손을 잡은 다음 날 반응을 보라. 그러면 내가, 상대방이 얼마나 서로에게 빠졌는지 아닌지 답이 나온다.

　손을 잡는 그 순간에는 누구나 어쩔 줄 모른다. 자신의 감정을 잘 모르겠을수록 당황할 것이다. 그런데 집에 가서 차분히 생각하고 그다음 날쯤 되면 자기 감정을 깨닫게 된다. 만약 자신이 상대방을 진짜 좋아한다는 걸 알게 된다면, 그다음 날 서로에 대한 태도부터 달라질 것이다.

　반면 그다음 날 뭔가 서먹서먹해진다거나 나와 상대의 태도에 긍정적이지 않은 변화가 생긴다면 이 관계는 접는 게 맞다. 그 사람은 당신에게 그 정도의 마음이 없을 가능성이 크다.

메신저 대화창에
이미 관계의
답이 나와 있다

많은 사람이 관심 있는 사람과 카톡을 할 때
대화가 끊기지 않는 것에만 의의를 두고,
의미 없는 말들을 지지부진하게 이어간다.

'이 사람과 연락이 끊기지만 않으면
언젠가 기회가 생기겠지'
하고 헛된 희망을 품은 채로.

"저는 대학생인데요. 좋아하는 동기가 있어서 꾸준히 연락한 지 3주쯤 되었어요. 메시지를 보내면 텀이 좀 길긴 하지만 연락이 끊기지는 않거든요. 가끔은 그 친구가 먼저 연락하기도 해요. 이 친구와 잘될 수 있을까요?"

메시지를 주고받을 때 연락 텀이 좀 길지만 끊기지는 않는다면, 중요하게 살펴봐야 할 게 있다. 예를 들어보겠다.

① **오늘 하루의 대화가 마무리되고,**
다음 날 새로운 내용으로 대화가 시작되는 경우
A 이제 졸리네. 잘 자고 내일 또 연락하자.
B 그래. 잘 자고 좋은 꿈꿔!
- 다음 날 -
A 버스 왜 이렇게 안 와. 지각하겠어.

② **오늘 대화 나눈 주제가 그다음 날 아침으로 이어지는 경우**
A 내일 시험인데 공부에 집중이 안 되네.
B 시간 많이 늦었는데 몇 시까지 공부하려고?
- 다음 날 -
A 어제 잠들어서 카톡 이제 확인했네.

두 대화의 차이가 느껴지는가? 바로 위의 경우는 전날

나눈 대화에 대한 상대방의 답이 그다음 날에 오는 식이다. 이 경우엔 이 사람과 잘되기는 어렵다. 반대로 그날 대화는 그날 마무리되고 그다음 날 새로 대화를 시작한다. 이러면 그 관계는 잘될 가능성이 있다.

적어도 관계를 이어가고 싶은 사람이라면, 대부분은 대화 중에 상대의 다음 답변을 기다린다. 1이 없어진 그 순간부터 핸드폰의 화면에서 눈을 떼기 어렵다. 그런데 대화 중에 답이 오지 않는다? 그것은 상대방에게 당신은 중요한 사람이 아닐 가능성이 크다는 시그널이다.

많은 사람이 관심 있는 사람과 카톡을 할 때 메시지가 끊기지 않는 것에만 의의를 두고, 의미 없는 대화를 지지부진하게 이어가는 경우가 많다. '이 사람과 연락이 끊기지만 않으면 언젠가 기회가 생기겠지' 하고 헛된 희망을 품은 채로.

아무 의미 없는 일상 대화를
띄엄띄엄 주고받는 게 무슨 의미가 있는가?
관계의 답은
이미 메신저 대화창에 나와 있다.

상대방이 어떻게 하고
말고를 떠나서 그 없이도
충분히 잘살 사람이 되어야 한다.

그래야 상대방도
나를 존중할 것이다.

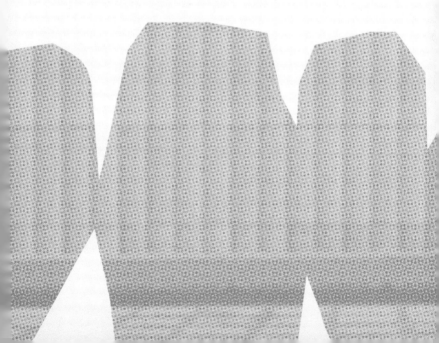

썸이 깨질
위기에 놓였다면

남녀가 다투게 되는 가장 큰 이유는
나의 계획, 혹은 상대방의 계획에 차질이 생겼기 때문이다.
그런데 이때 여유를 갖고 다른 관점으로 상황을 보면
갈등이 사라진다.

서로 호감을 갖고 연락을 이어오던 두 사람. 함께 여행을 떠나기로 했다. 그런데 여행을 목전에 두고 한쪽이 취소했다. 여자는 미용사인데 가위가 망가져서 쉬는 날 고치러 가야 한다는 것이다. 남자는 상대방이 약속을 어긴 게 화가 났다. 그냥 다른 가위를 쓰면 되지 않는지, 이유도 잘 납득이 안 갔다. 화가 나서 메시지도 확인하지 않고 있는데, 그녀가 다시 미안하다고 연락해왔다.

지금이 이 두 사람에게는 굉장히 중요한 시점이다. 그녀는 다시 사과하면서 가위를 새로 산 인증 사진까지 보냈다. 아마도 꾹 참고 있는 것이다. '내가 여기까지만 해본다'라는 심정이다.

이 관계를 이어가고 싶다면 남자는 이쯤에서 갈등을 끝내고 관계를 회복해야 한다. 만약 이런 일이 반복된다면 상대방은 더 참지 않을 것이다. 사랑할 때의 남녀는 관계의 초반에는 성향 차이로 인한 갈등이 있을 수 있다.

남자는 여자가 마음 상했을 때
몇 번이고 비위를 맞춰주거나 노력할 수 있다.

그렇지만 여자는 아니다.
여자는 어떤 상황에서도 먼저 공감을 바란다.

자신이 약속을 깼더라도 가위가 망가진 것을 이해해주고, 더 나아가 그 속상함에 공감해주기를 바라는 것이다.

"어떡해. 다치진 않았어? 수리할 순 있대?"

먼저 이렇게 한마디만 던졌다면, 이런 남자에게는 없던 마음도 생긴다. 다음에 혹시 남자가 어떤 실수를 하더라도 한 번은 봐준다.

그런데 남자는 공감은커녕 삐져서 여자의 연락을 무시했다. 호감을 갖고 연락하는 사이에, 상대방이 속 좁은 사람이길 기대하는 사람은 없다. 그런데 이런 일이 자꾸 생기면 이 남자에 대한 환상이 깨져버린다.

물론 약속을 깬 건 여자다. 그래서 미안하다고 하지 않는가. 그럼 거기서 끝내야 한다. 이런 일을 질질 끌고, 갈등이 두 번이 되고 세 번이 되면 더 이상의 기회는 없다. 내 상황이 어떻든 자기 계획만 중요한 남자가 되어버린다.

남자 입장에서는 이해하기 힘들 수 있다. 이런 얘기를 하면 '난 그렇게까지 못 하겠다'라고 생각하는 사람이 적지 않을 것이다. 그렇지만 잘되고 싶은 여성이 있다면, 그녀도 이처럼 보편적인 여성과 비슷한 생각을 할 거라는 전제로 접근하는 게 안전하다. 포용력 있는 사람을 싫어할 사람은 없기 때문이다.

공감해주고 대수롭지 않게 넘겨라.

처음에는 '그런 척'하느라 힘들 것이다.

그러나 훈련이 되면 정말로 아무렇지도 않아진다.

결국 남녀가 다투게 되는 가장 큰 원인은 계획에 차질이 생겼기 때문이다. 그런데 이때 생각을 조금만 바꾸면 다툴 일이 사라진다.

이번 주에 여행 가기로 한 계획이 깨졌다? 다음 주에 가도 그 사람이랑 같이 여행 가는 것이 아닌가. 시기만 늦어질 뿐이다. 생각해보면 그렇게 난리 칠 정도로 큰일이 아니다.

또 하나 생각해볼 문제는 일을 대하는 상대방의 태도가 그만큼 진지하기 때문일 수 있다는 것이다. 나는 데이트를 위해 일을 양보할 수 있을지 모르지만, 상대방은 그게 아닐 수 있다. '뭐가 먼저인가'의 문제가 아니다. '일이 먼저고 나는 뒷전이구나'라고 생각하지 말고, '나와 다른 차원에서 일을 중요하게 생각하는 사람이구나'라고 생각해야 한다.

여유를 가지면 이처럼 좀 더 다른 관점에서 대상과 사건을 볼 수 있게 된다. 그러면 많은 문제는 저절로 해결된다.

마음에
빨간불이 켜지기 전에
진화하라

타이밍이 중요하다.
상대방의 마음이 '주황불'인 상태에만
마음을 알아주는 말을 건네도
그녀는 금방 '초록불'로 변한다.

남녀가 함께 만남을 이어가다 보면 스트레스가 쌓일 수 있다. 특히 정신적으로, 체력적으로 여성 쪽이 더 많이 힘들 수밖에 없다. 남자가 연인에게 고마움을 표시했다고 해보자. 그런데 그녀가 이렇게 받아친다.

"오늘 어쩐 일로 그런 말을 다 하냐."

좋은 의도로 말을 건넸는데 왜 삐딱하게 나오는지 속상하고 화가 날 수 있다.

그러나 사람들이 모르는 게 있다. 이때 여자는 '빨간불'인 상태다. 그러니까 상대방의 말이 싫은 게 아니라, 좋은 말을 하기 힘들 만큼 마음이 좋지 않은 상태라는 것이다. 그래서 타이밍이 중요하다. 그 사람의 마음이 '주황불'인 상태에만 그 마음을 알아주는 말을 건네도 그녀는 금방 '초록불'로 변한다. 그리고 똑같이 좋은 말이 나온다.

하지만 빨간불일 때는 말 한마디로 단번에 힘든 마음이 해소되지 않는다. 그래서 날 선 말을 내뱉게 된다. 이때 한 번만 더 따뜻하게 "왜 그래, 무슨 일 있었어?"라고 물어봐주면 상대방의 마음이 초록불로 바뀔 수 있다.

**대개 문제는
'내가 먼저 좋은 말을 던졌을 때 상대방도 초록불이 되어야 한다'고
생각하기 때문에 발생한다.**

많은 사람이 말을 할 때 상대방이 빨강불인 상태인지 주황불인지 초록불인지를 살피지 않는다. 자기 딴에는 용기 내서 상대방의 힘듦을 위로하는 알아주는 말을 던졌다. 그러면 그의 입장에서는 상대방이 무조건 초록불이어야 한다고 생각한다. 그러다 보니 상대방이 빨간불일 때 한 번 더 다가갈 용기조차 내지 못한다.

그러고는 싸우고 싶지 않으니까 무조건 미안하다고 한다. 물론 그것도 진심이다. 그러나 이미 빨간불 상태인 사람의 마음이 쉽게 풀릴 리 없다.

내 의사를 전하기 전에 상대의 마음을 살펴야 한다. 그리고 만약 상대방이 사과를 청해온다면 내가 아무리 빨간불이어도 풀 수 있어야 관계가 회복된다.

가장 중요한 건
서로에게 고마움과 미안함을 그때그때 표현하며 지내는 것이다.
마음이 주황불로 넘어가기 전에 고마움과 미안함을 표현하면
문제가 생기지 않는다.

모든 관계는 다 주고받는 것이다. 미안함과 고마움을 잊지 않기. 사랑을 주는 것보다 이게 훨씬 더 중요하다.

이성과 연락할 때 사람들이 가장 많이 하는 실수

상대방에게 깊게 빠졌는데
그 사람이 내 연락을 아주 잘 받아준다면,
그때가 바로 한 템포 쉴 때다.

신이 나서 기다렸다는 듯이 끊임없이 연락할 게 아니라
페이스를 조절해야 한다.

"새로 사귄 사람과 급속도로 관계가 깊어졌어요. 근데 그런 만큼 불안해요. 아침에 일어나면 그 사람이 내 카톡에는 답장을 안 하면서 인스타그램은 계속하거든요. 그래서 다시 메시지를 보내면 '이제 일어났다'라고 해요. 제가 너무 꽁한 걸까요? 이해하고 넘어가야 할까요?"

요즘 사람들의 아침 루틴을 생각해보자. 아침에 눈을 떠서 카톡보다 SNS를 먼저 보는 사람이 많다. 메시지가 온 건 봤지만 다 썼고 나서 답장하는 것도 이상한 건 아니다. 사연자는 지금 남자친구에게 푹 빠져서 눈뜨자마자 연락하고 싶고 상대방의 연락을 기다리지만, 남자는 그저 자신의 루틴대로 할 뿐이다. 마음의 깊이가 서로 꼭 같을 수만은 없는 법이다.

이런 상황을 이해 못하는 사람들은 주로 자기가 더 좋아하는 사람과 연애해본 사람이다. 상대방이 나를 더 좋아해서 마음을 열어본 경험은 적다. 그러니까 자기 마음이 상대방보다 항상 앞서 있고, 그런 자기 마음을 기준으로 생각하게 된다. 하지만 답을 언제 할지는 전적으로 상대방의 마음이다.

두 가지를 알아야 한다.
첫째, 괜찮은 사람은 쉽게 기분 나쁠 말을 상대방에게 하지 않는다.
둘째, 대개는 없는 얘기를 지어서 하지 않는다.

조심스러운 말이지만 사연자는 상대방에게 눈뜨자마자 연락할 정도는 아닐 가능성이 크다. 그러나 기분 나쁠 테니 그렇게는 말하지 못하고 이제 일어났다고 하는 것일 수 있다. 그렇다고 해서 입에 발린 소리도 못한다.

누구든 호감 가는 사람이 생기면 너무 좋아서 내가 연락의 일 순위가 되었으면 하고 바라게 된다. 이런 경우 연애 초반에는 상대방이 답도 빠르고 연락이 잘되어 기분이 좋다. 내 연락을 잘 받아주는 사람을 드디어 만났다 싶다. 그런데 어느 순간 상대방의 연락이 뜸해진다. 그러면 나는 당황하게 된다. 이 사람도 나랑 똑같은 마음인 줄 알았는데, 크게 실망한다.

상대방에게 깊게 빠졌는데 그 사람이 내 연락을 아주 잘 받아준다면, 그때가 바로 조절이 필요할 때다. 신이 나서 쏟아내듯 연락할 게 아니라 페이스를 조절해야 한다. 내가 상대방의 연락을 기다리듯, 상대방도 나의 연락을 기다리도록.

결국 문제는 집착이다.
연락에 집착하고 있는 것이다.
왜냐? 내가 더 좋아하기 때문이다.

그럼 어떻게 해야 할까?
집착을 안 하면 문제가 해결된다.

어떻게 집착을 안 할까?

의식적으로 여유 있는 태도를 가져야 한다.

그러면 연인뿐만 아니라 타인을 바라보는 관점 자체가 너그러워진다. '그러는 이유가 있겠지'라고 생각하게 된다.

당분간 두 사람의 관계를 삶의 우선순위에서 끌어내려라. 그렇다고 해서 억지로 연락을 뜸하게 할 필요도 없다. 상대방의 마음을 혼자 상상하지도 마라. 그저 내 페이스대로 연락하면 된다.

'나에게는 나의 방식이, 너에게는 너의 방식이 있다' 하는 마음으로 말이다. 상대방도 마음이 깊어지면 따라올 것이고, 그렇지 않고 도저히 안 되겠다면 그때는 관계를 정리하면 된다.

결국 남녀가 다투게 되는 가장 큰 원인은
계획에 차질이 생겼기 때문이다.

그런데 이때 생각을 조금만 바꾸면
다툴 일이 사라진다.
관점을 바꿔보면
그렇게 난리 칠 정도로 큰일이 아니다.

상대방의
고민은
당신의 것이 아니다

문제 해결 이전에
상대방의 공감을 중요하게 생각하는 사람이 있다.
반면에 문제의 해결이 가장 중요한 사람도 있다.

A는 서른을 코앞에 뒀다. 이직하면서 조금 힘든 시간을 겪고 있고 진로와 미래에 대해 고민하는 상황이다. B는 그런 연인에게 힘이 되어주고 싶다. 그러나 자신이 다섯 살 어려서 그런지 크게 의지가 되지 않는 기분이다.

이 상황을 보면 아마 많은 사람이 '그래도 위로하는 게 낫지 않나?'라고 생각할 것이다. 그 말도 맞다. 그러나 위로에 대한 각자의 태도가 다르다는 걸 기억하자.

A타입 이 문제가 해결되느냐 아니냐에 초점을 둔다.
B타입 문제 해결 이전에 상대방이 내 말에 귀 기울이고 공감해주는 걸 중요하게 생각한다.

대개 A타입은 걱정해봤자 달라질 게 없는 상황이라면 위로받아도 '그냥 하는 말이겠거니' 한다. 그렇기에 섣부르게 행동하지 말고 상대방에게 문제 해결의 시간을 주는 게 최고다. 군이 이 문제에 개입해서 해결하려는 의지를 비추지 않아도 된다.

특히 상대방이 평소에 자기 얘기를 잘 안 하고 담담한 성격이라면 더욱 그렇다. 연인이 문제에 개입하기 시작하면 진지한 대화를 해야 할 것이고, 그것이 당사자에게는 또 부담이 될 것이다.

이때 B타입은 자신이 의지할 수 있는 존재까진 되지 못해도 '그래도 너 덕분에 버틴다'라는 정도는 되기를 바란다. 그러나 사실 이렇게 되기까지는 시간이 오래 걸린다. 이제 갓 사귀기 시작했다면 좀 더 신뢰와 사랑을 쌓는 시간이 필요하다.

솔직히 말하자면, B는 상대방의 상황을 걱정하고 있지만, 이 순간 A는 별생각이 없을 가능성이 크다. 설사 연인이 자신을 걱정한다는 사실을 알아도 '내 생각보다 훨씬 더 괜찮은 사람이구나'라고 생각할지언정, 감정에 휩쓸리기보다 내일이 되면 잊어버릴 것이다. 대부분의 A타입이 이렇게 무심하다.

그러니 상대방이 A타입일 경우 가만히 있는 쪽을 추천한다. 깊게 생각하지 말고 데이트하는 것에만 초점을 맞춰라. 일주일 동안 일에 치였다가도 주말에 데이트할 때, 편안하게 쉴 수 있다는 생각만 들어도 충분하다.

상대방이 힘든 상황이라면
해결해주려고 애쓰기보다
함께 쉴 수 있는 존재가 되도록 노력하라.

외로움은
결코 그 사람으로
충족되지 않는다

누군가와 함께해서
외로움이 없어질 거라는 기대는 버려라.

당신 옆의 사람은 당신을 더 외롭게 만들 수 있는
또 하나의 변수일 뿐이다.

유럽 여행에서 만난 두 사람은 장거리 연애 중이다. 남자는 유럽에서 일하며 살고, 여자는 한국에서 살고 있다. 최근에 남자친구 일이 바빠져서 연락이 줄었는데 그러다 보니 여자는 외롭고 내가 연애를 하고 있는 게 맞나 싶다. 안 그래도 여자는 외로움을 많이 타는 성격이다.

일부 남자들이 기가 막히게 알아채는 것 중에 하나가 이것이다.

이 사람이 외로움을 타나, 안 타나.

혼자 있어도 잘 지내는 여자인가, 아닌가.

사실 이건 굳이 말하지 않아도 곁에 있으면 느껴진다.

"제가 외로움 많이 타는 성격이거든요."

이렇게 말하는 사람은 어딘가 부담스러운 게 남자 마음이다.

남자 중에서는 외롭다고 생각하면서 사는 사람이 여자에 비해 상대적으로 적다고 한다. 많은 남자가 외로움 자체는 느낄 수 있지만 한순간 스치는 감정이라고 여긴다. 그래서 그걸 연인으로 충족하려고 하는 사람은 드물다. 오히려 연인이 곁에 없어서 외롭다고 하는 느낌 자체에 공감하지 못하는 이들이 많고, 상대방이 외롭다고 하면 뭘 어떻게 해야 할지 모른다.

스스로 자주 외롭다고 얘기하는 사람들은 누가 옆에 있어줘도 외롭다고 할 사람이다. 남자는 회사를 그만두고 쉬고 있는 연인에게 자기가 있는 외국에 와서 일을 찾아보라고 권했다. 그녀도 그렇게 하려고 마음먹었다. 그런데 사랑하는 사람이 있는 외국으로 가면 안 외로울까? 오히려 더 외로워질 수도 있다.

좋은 사랑을 하려면 혼자 있어도 잘 지내야 한다.

누군가에게 계속 의지하려 할수록

결혼해서도 외롭고, 애 낳고도 외롭고,

인생 자체가 외로워진다.

어떤 결정을 내리든 자기 자신이 우선이어야 한다. 그리고 누군가와 함께해서 외로움이 없어질 거라는 기대는 버려라. 당신 옆의 사람은 당신을 더 외롭게 만들 수 있는 또 하나의 변수일 뿐이다.

분명 잘해주는데
참 매력 없는 행동

잘해주는 것도 문제냐고 할지 모르겠다.
그런데 상대방이 짜증까지 느낄 정도로 맞춰주는 행동은
잘해주는 게 아니다.
무조건 낮은 자세로 떠받들면 상대방이 좋아할 거라는
생각은 큰 착각이다.

"친구에서 연인으로 발전한 지 한 달 정도 된 커플입니다. 그런데 이 남자가 그냥 친구였을 땐 안 그랬는데 사귀고 나서는 뭐든 저한테 맞춰주려고 해요. 저는 상대방이 그저 매력 없는 착한 사람이 된 것 같아 답답하고 짜증이 나고요. 시간이 해결할 문제일까요?"

시간은 어떤 문제도 해결해주지 않는다. 오히려 시간이 지날수록 상대방은 더 매력 없게 느껴질 것이다. 이러한 행동은 바뀌기 힘들기 때문이다. 그가 당신에게 보이는 모습은 이전에 연애를 어떻게 해왔는지를 고스란히 보여주는 것이다. 스스로의 행동이 상대방에게 매력 없게 느껴지고, 부담스러워 한다는 걸 자신만 모를 뿐이다.

누군가는 잘해주는 것도 문제냐고 할지 모르겠다. 그런데 상대방이 짜증까지 느낄 정도의 행동은 그냥 잘해주는 정도가 아니다. 심하게는 마치 시종처럼 구는 사람도 있다.

별것도 아닌 일에 계속 사과하고,
무조건 자기는 괜찮다며 상대방이 원하는 대로 하려는 사람.
상대방이 괜찮다고 해도 가방을 들어주고
비굴해 보일 정도로 낮은 자세인 사람.

물론 이것도 상대방을 위하기 때문에 나오는 행동은 맞다. 하지만 내가 무조건 낮은 자세로 떠받든다고 상대방이 그걸 좋아할 거라는 생각은 착각이다. 더군다나 남녀 사이라면 오히려 많은 사람이 상대방의 당당하고 자신감 있는 모습을 선호한다.

만약 연인이 그런 태도를 좋아한다면 얼마든지 해도 된다. 정말로 연인이 그런 모습을 좋아한다면 둘이 잘 맞는 것이다. 그러나 많은 경우 사람들은 이런 상대방에게 이성적인 호감은 느끼지 못한다.

이런 상대방을 바꾸려고 하기 전에
내가 어디까지 이 사람의 이런 행동을 받아줄 수 있는지를
생각해보는 게 훨씬 현명한 방법이다.

더군다나 이런 스타일의 사람을 처음 만난다면 헷갈릴 수 있다. 이 사람이 매력이 없는 건지, 아니면 내가 이 사람을 덜 좋아해서 그런 건지. 인간적으로 좋은 사람이라면 헤어지기는 싫을 수도 있다. 그런데 수평적이지 않은 관계에서 미묘한 짜증이 스멀스멀 올라오니 본인도 괴롭다.

새롭게 관계를 시작할 때 잘 맞는 사람인지 아닌지를 알 수 있으려면 적어도 몇 차례 정도는 그 사람을 관대하게 바라볼 필요도 있다. 그 사람은 당신을 좋아해서 그런 거니까 좀 더 너그럽게 바라보려는 노력은 해보자. 그래도 안 되겠다면 그때 관계 정리를 생각해봐도 늦지 않다.

만날수록
질리는 남자들의 특징

자기는 이렇게 많이 마음을 건네고 있는데
상대방한테서 그만큼 돌아오지 않는 걸 느낀다.
그럴수록 '나한테 왜 이러지'라는 의문과 불만이 커져만 간다.

남자는 항상 같이 있으려고 하고 그녀에게 어떤 일정이 있으면 그 일정이 끝날 때까지 기다리곤 한다. 여자친구가 오랜만에 친구들이랑 만나서 술 한잔하느라 시간이 좀 늦어졌다. 통화를 하면서 그녀가 남자에게 물었다.

"밥 먹었어?"

"안 먹었어."

저녁 먹을 시간이 한참 지났는데, 여자는 걱정되는 마음에 밥 챙겨 먹으라고 얘기했다. 술자리가 끝나고 밤늦게 다시 연락했더니 남자는 계속 저녁을 안 먹고 있다. 남자는 신경 쓰지 말라고 하지만 여자는 신경이 쓰인다. 평소 자기가 따로 뭔가를 하면 본인의 일상을 멈추는 남자이기 때문이다. 여자는 부담스럽다.

만날수록 연인을 질리게 만드는 사람들의 특징이 있다. 예를 들어보겠다.

같이 티비를 보는데 우리 동네 맛집이 나왔다. 여자는 가봤던 곳이고 남자는 아직 못 가봤다. 그녀가 말한다.

"나 저기 가봤는데 방송에서 얘기하는 정도로 그렇게 맛있진 않더라."

그러면 보통 상대방이 뭐라고 대답할까?

"그래? 그럼 굳이 안 가도 되겠네."

그럼 질리는 사람은 뭐라고 말할까? 아마 이렇게 예상하는 독자가 많을 것이다.

"누구랑 갔었어? 왜 나랑은 같이 안 가?"

답은 그게 아니다. 그는 이렇게 말한다.

"티비에 나오는 맛집들 다 상술이야."

질투를 대놓고 드러내지 않고 칭찬받는 존재 그 자체를 부정해버린다.

또 다른 예를 들어보겠다. 여자친구가 영화 속 배우에게 푹 빠져 있다. 남자 주인공이 너무 멋지다.

"와, 이 남자 몸 진짜 좋다."

그러면 보통은 "화면에 아주 그냥 빠지겠네"라면서 장난 식으로 질투를 할 것이다. 너무 질투를 안 해도 섭섭해할 수 있는데, 그렇다고 정색을 하는 것도 웃기기 때문이다. 같은 상황에서 질리는 남자는 어떻게 말할까?

"와, 이 남자 몸 진짜 좋다."

"저거 그냥 운동만 해서는 안 돼. 다 약물이야."

어떤 느낌인지 감이 오는가? 이런 식으로 반응하면 상대 방은 할 말이 없어진다. 일상에서 흔히 일어나고 연인끼리 귀엽게 질투도 하면서 가볍게 넘어갈 문제에 혼자 진지하다. 그리고 모든 걸 부정해버린다.

그러면서 당사자는 이렇게 많이 마음을 건네고 있는데

상대방한테서 그만큼 돌아오지 않는 걸 느낀다. 그럴수록 '이 사람이 나한테 왜 이러지'라는 의문과 불만이 커져간다. 자기가 주는 사랑이 잘못돼서 못 돌려받고 있다는 걸 인지하지 못한다.

물론 나쁜 의도가 있어서 이러는 게 아니다. 너무 좋아하는데 그걸 어떻게 해야 현명하게 표현하는지 몰라서 이럴 수 있다. 감정이 시키는 대로만 행동하고 말하는 성향일 수도 있다. 그러나 자신이 뭐가 잘못됐는지 깨닫지 못하는 사이, 서로는 점점 멀어진다.

많은 경우
나를 사랑해주기'만' 하는 사람은 좋아하지 않는다.
내가 납득할 수 있게 사랑해주는 사람을 좋아한다.

US

Th

누군가와 함께해서

외로움이 없어질 거라는 기대는 버려라.

S

NOT

IS

당신 옆의 사람은
당신을 더 외롭게 만들 수 있는
또 하나의 변수일 뿐이다.

오래 사랑하기 위해
애정 표현보다
중요한 것

'이 사람도 나를 좋아하는 것 같은데
왜 자기가 하고 싶은 애정 표현만 하고
나는 인정받지 못하는 것 같은 느낌이 들지?'

"상대방은 '물 흐르는 듯한 연애'를 하고 싶다고 해요. 근데 저는 이게 무슨 뜻인지 모르겠어요. 생각해보면 이 사람은 이해심도 많고 저를 있는 그대로 인정해주고 맞춰주려고 노력하는 사람이에요. 그런데 저는 그렇게 하는 게 좀 어려워요. 어떻게 해야 상대방을 있는 그대로 인정해주고 받아들일 수 있을까요?"

물 흐르는 듯한 연애를 하고 싶다는 건 무슨 뜻일까? 아마도 '네가 나를 대하는 게 내가 너를 대하는 것과 비슷했으면 좋겠다'라는 의미일 것이다.

"내가 너를 어떻게 대하는지 느껴지니? 너도 내가 너를 대하듯이 나를 대해주면 좋겠어."

이런 뜻일 것이다. 자신이 이해심이 많고 상대방을 있는 그대로 인정해주듯, 상대방도 자신한테 똑같이 해주길 바라는 것이다.

어떤 사람들은 인정받는 걸 아주 중요하게 생각한다. 예를 들어 상대가 사소한 일을 하고도 생색을 내거나 우쭐대는 걸 볼 것이다. 그러면 당시에는 '별것도 아닌 걸 가지고 되게 생색내네'라고 생각할 수 있지만, 그걸 인정해주고 치켜올려주면 그는 더 열심히 하려고 한다.

그런데 상대방을 좋아하는 사람들도 정작 그를 인정해

주지 못하고 칭찬에 인색한 경우가 많다. 더 좋아해서 표현을 잘하고, 덜 좋아해서 표현을 안 하는 게 아니다. 둘은 다른 영역에 있는 것이다. 사랑을 받지만 인정은 받지 못하면 이렇게 느끼기 쉽다.

'나를 좋아하는 것 같긴 한데 왜 자기가 하고 싶은 애정 표현만 하고 때때로 무시받는 것 같은 느낌이 들지?'

애정 표현보다 중요한 건

상대방을 있는 그대로 받아들이고 인정하는 것이다.

해답은 간단하다. 그가 원하는 말을 해주면 된다. 몰라서 못 하는 사람이 더 많다. 그런데 내가 사랑하는 사람이 뭘 원하는지 이미 얘기해주지 않았는가. 그러니까 그렇게 하면 된다.

평생
사랑할 수밖에 없게
만드는 여자

내 감정을 컨트롤하기 힘들어지면
그 사람은 아닌 거다.
그런데 사람들은 이게 사랑이라고 생각한다.

하루 종일 핸드폰 붙들고 그 사람의 연락을 기다리고, 연락이 오면 바로 답장해주고, 온종일 이 사람은 뭐 할까 생각하며 시간을 보내는가? 마치 구걸하듯 사랑하고 있는가? 너무 좋아한 나머지 감정적으로 행동하게 되는가?

많은 이들이 이런 행동을 사랑이라고 믿는다. 반대로 이성적으로 판단할 수 있고 내 일에 전념하면서 편하고 안정적으로 만날 수 있는 경우는 사랑이 아니라고 생각한다. 그런데 사실은 그 반대다.

이 사람이랑 스킨십하는 게 좋고

이 사람이랑 데이트하는 게 좋고

계속 붙어 있고만 싶다.

이런 생각이 들면 멈춰라.

그건 그 사람이 내 인생을 망칠 수 있다는 증거일 수 있다.

내 감정을 컨트롤하기 힘들어지면, 그 사람은 내 인생에 좋은 사람이 아닌 거다. 그런데 보통 이게 사랑이라고 생각한다. 특히 나이도 있고, 결혼도 생각한다면 그 정도로 생활을 흔드는 사람과 연애하면 안 된다. 상대방도 나랑 같은 마음이라도 조심해야 한다. 그건 둘이 손잡고 불구덩이 속으로 뛰어드는 것이나 다름없기 때문이다.

일할 때는 일에 집중하고, 연인에게서 연락이 와도 '이

거 끝내고 답장해야지' 하면서 우선순위를 아는 사람을 만나라. 이런 사람을 만나서 진지하게 알아가고 내 인생도 살면서 사랑을 키우는 방법을 터득해야 한다.

당신은 아마도 앞으로 만나게 될 여러 사람 중 한 명과 남은 평생을 보낼 것이다. 건강한 사랑을 하고 결혼생활이 행복한 사람들은 순간의 감정에 휘둘리지 않는다.

결혼해서 잘 사는 사람들에게 물어보라. 지금의 배우자와 왜 결혼했느냐고. 이 사람이 아니면 안 될 것 같아서, 죽고 못 살아서 결혼했다는 사람보다 '참 괜찮은 사람이라서'이라고 대답하는 이가 많을 것이다. 굉장히 현실적인 대답이다. 이들도 물론 배우자를 무척 사랑한다. 그러나 너무 사랑해서 제 할 도리를 내려놓으면서까지 이성적인 컨트롤을 못하지는 않는다.

이 얘기를 듣고 이렇게 생각하는 사람도 있을 것이다.

'내 친구는 상대방이 너무 이성적이어서 힘들어하던데?'

물론 틀린 말은 아니다. 하지만 이성적인 상대와 함께하는 것보다 감정을 이겨내지 못하는 사람과 함께하는 게 훨씬 더 힘들다는 사실을 알아야 한다. 순간의 감정에 일희일비하는 사람을 가까이에서 지켜보는 게 얼마나 힘든 일인지 겪어보지 않으면 절대 알지 못한다. 어쩌면 상대가 너무 이성적이라서 힘들다고 하는 사람은 정작 자신의 감정을 이겨내지 못

하는 사람일 수도 있다.

하지만 이성적인 사람은 관계를 오랜 시간 유지하기 위해 노력하는 편이다. 이런 사람이라야 결혼하기에도 적합하다. 반대로 사랑에 물불 안 가리고 뛰어드는, 감정적인 사람은 관계를 위한 노력이 의외로 부족하다고도 볼 수 있다. 그냥 감정이 시키는 대로 움직인다. 상대를 위하고 자기 자신을 위한다면 이성과 감정을 컨트롤하려는 노력이 필요하다.

이성적으로 연애하라는 게 모순적으로 들릴지 모르겠다. 그런데 이걸 못해서 정말 많은 사람이 잘못된 방법으로 상대방에게 다가가기도 하고, 이미 잘못 시작된 연애를 끊어내지 못한 채 시간만 보내는 경우도 많다. 그러한 것들이 조금씩 자신의 인생을 갉아먹고 있다는 걸 그 당시에는 절대 느끼지 못한다. 또한 그 사람과의 관계가 내가 하는 일이나 생계에 생각보다 아주 큰 영향을 미친다는 걸 깨닫지 못하는 사람도 많다.

이성적으로 연애하는 방법을 터득한 뒤에
상대방을 사랑하기 위해서 노력해야 하는데,
많은 사람이 일단 이성을 놓고 미친 듯이 사랑하다가
그 사랑이 그냥 끝나버리는 결과를 맞는다.
순서가 잘못됐다.

이성적인 연애는 경험 없이 얻을 수 있는 게 아니다. 그렇기 때문에 상대방을 너무 사랑해서 힘들어도 보고, 이성적인 생각을 시도하고 감정을 이겨내는 연습도 해봐야 한다. 그러지 못한다면 앞으로의 연애도 행복하기 어렵다.

이 사람을 더 좋아하고 싶고 결실을 이루고 싶다면, 일도 열심히 하고 취미생활도 하고 자기 계발도 하라. 그리고 다른 데 노력하는 만큼 이 사람한테도 노력하라. 앞서는 본능을 누르는 경험은 앞으로의 삶에 반드시 도움이 된다. 그래야 사람 보는 눈이 키워지고 좋은 사람을 만날 내공이 생긴다.

내 감정만 충족하는 데 그치는 게 아니라 인생에 도움이 되는 연애를 하는 사람. 평생 사랑할 수밖에 없는 사람이다.

애매한 관계를
발전시키는
결정적 행동

여자는 사귀면서 알아가도 괜찮다고 생각한다.
반면에 남자는 웬만한 것을 다 안 다음에 시작하고 싶어 한다.
그래서 여자들이 느끼기에는
초반에 남자들이 애매하게 행동하는 것처럼 보일 수 있다.

여자는 직장 상사와 서로 호감을 갖고 있다고 확신했다. 그런데 어느 날 갑자기 상사가 '그저 좋은 동생'이라며 발을 뺐다. 여자는 상사와 잘되고 싶었지만, 어차피 잘 안될 거라면 빨리 마음을 정리하고 싶다. 그러나 그게 쉽지 않아 괴롭다.

남자의 마음이 왜 갑자기 식었을까? 그가 다정한 메시지를 보낼 때마다 여자는 가슴이 뛰었다. 그게 남자 눈에도 보였을 것이다. 호감을 표하는데 상대가 자기한테 너무 빠져드는 게 보이면, 애석하게도 남자는 금방 식어버리는 일이 많다.

초반에 호감을 나눌 때,
남자에게는 정복하기 위해 퀘스트를 깨는 듯한 느낌이 필요하다.
매크로 돌려서 쉽게 아이템을 얻으면 재미가 없다.
처음 가는 던전에서 잘못하면 죽을 수도 있겠다는 생각이 들어야
심장이 뛰고 손에 땀이 나고 더 집중하게 된다.

그래서 그가 호감을 보이면 때로는 크게 반응하지 않고 강단 있게 나가기도 해야 한다. 남자가 눈치도 좀 보게 만들어야 하는 것이다. 물론 밀어내기만 해서는 안 된다.

중요한 건 당신이 그에게 푹 빠졌다는 걸 대놓고 티 내지 않는 것. 푹 빠진 티는 '너 아니면 안 된다'라고 꼭 붙잡고 싶은 사람한테나 최후의 수단으로 써야 한다. 상대방이 어떻게 행동하느냐에 따라 남자의 태도는 때때로 달라진다. 이때 남자는 크게 두 부류로 나뉜다.

① **내가 좋아하는데 내 뜻대로 되는 남자**

그런 남자라면 그냥 당신이 원하는 대로 행동하면 된다.

② **내가 좋아하는데 내 뜻대로 안 되는 남자**

대부분이 이런 경우일 텐데 이때 남자는 연애의 경험이 많을 것이다. 그뿐 아니라 사회 경험도 있고 사람에 대해 여러모로 잘 안다. 사연 속 상사도 마찬가지다.

어느 날 여자가 술을 마시고 늦은 밤 그에게 전화를 걸었다. 그리고 다음 날 여자는 솔직한 감정을 장문의 카톡으로 보냈다(고 생각했다). 하지만 남자에게는 어린 상대방이 미숙하게 자기감정을 조절하지 못하고 모두 쏟아붓는 것으로 보였을 것이다.

그가 처음 보낸 호감의 표현은 생각보다 그리 중요하지 않다. 시선이 오가는 사이에 단순한 호감이 진심이 될 수도 있다. 그러나 만약 상대방이 이를 기다렸다는 듯이 덥석 받아들이고 더 빨리, 확실한 사인을 기대한다면, 경험 많은 상사는 '내가 아무것도 모르는 사람을 잘못 건드렸구나'라고 생각했을 수 있다. 서로 속도가 달라 부담스러운 것이다.

보통 남자는 이성에게 호감이 생기면 관계의 각을 재보고, 거기서 더 발전하면 사귀는 사람이 많다. 그래서 그들에겐 서로 알아가는 '호감 직전 단계'가 제일 중요하다.

반면에 사귀면서 알아가도 괜찮다고 생각하는 쪽은 여성이 많다. 나한테 하는 행동을 보고 아니다 싶으면 그때 가서 대화로 풀어봐야겠다고 말이다. 남자는 정반대다. 사귀기 전부터 일어날 수 있는 웬만한 일들, 상대에 대한 것들을 다 안 다음에 시작하고 싶어 한다. 그래서 여자들이 느끼기에는 초반에 남자들이 애매하게 행동하는 것처럼 보인다.

이때 앞질러 가는 행동들이 실수가 된다. 머릿속에서는 이미 그와 사귀고 있다. 그저 연락하며 알아가고 있는 단계인데 마치 사귀는 것처럼 질투하고, 서운해하고, 보고 싶어 하는 게 느껴진다. 그게 상대의 확신을 깎아 먹는 행동이다.

**그래서 내가 좋아하는 사람인데 내 뜻대로 안 된다 싶으면
정반대로 가야 한다.**

**내 속도로만 달리는 건 금물이다.
연애는 둘이 하는 거니까.**

'나에게는 나의 방식이,
너에게는 너의 방식이 있다.'
이런 마음으로
조급해하지 않아야 한다.

상대방도 마음이 깊어지면
따라올 것이고,
그렇지 않고 도저히 안 되겠다면
그때는 관계를 정리하면 된다.

갈등의
이유

2

다툼이
파국으로
치닫지 않으려면

상대방이
나를
숨 막히게 할 때

계속 '나는 너를 떠보겠다'라는 태도일 때,
이미 다 알면서 상대방이 어떻게 대답하는지 보려고
질문을 던지는 사람에게 상대는 질려버린다.

"사귀는 사람들에게서 부담된다, 숨 막힌다는 이야기를 여러 번 들었어요. 뭐가 문제일까요? 전 너무 억울해요. 이전 남자친구와의 연애를 살펴보면 문제가 보이지 않을까요?"

그녀의 말에 따르면 전 남자친구는 습관적으로 거짓말을 했다고 한다. 연애 초반에 남자친구가 집들이를 하며 친구인 여자와 남자를 초대했다는 걸 그녀는 알고 있다. 여자는 양주, 남자는 와인을 각각 사 왔다고 남자친구한테 들었다.

그런데 얼마 후에 남자친구 집에서 양주와 와인 빈 병을 보고 "이거 누가 산 거야?"라고 물었더니 "와인은 친구가 줬는데 양주는 누가 줬는지 모르겠네"라고 했다. "여자 사람 친구가 준 거라며?"라고 했더니 그는 "여자가 줬다고 하면 싫어할까 봐"라고 했다.

또 한 번은 남자친구 책상 서랍에서 프랑스 여행 중 여자와 찍은 사진이 나왔다. 누구냐고 묻기 전에 프랑스에 누구랑 같이 간 적 있냐고 물었더니 "나 혼자 갔어"라고 했고, 얼마 후 그 서랍을 열어보니 여자와 찍은 사진이 사라졌다.

여자가 말하는 '남자친구가 습관적으로 거짓말을 한' 사례다. 이걸 읽고 어떤 생각이 드는가? 사실 알고 보면 그리 문제될 거짓말도 아니다. 여자친구가 오해하고 신경 쓸까 봐 남자 딴에는 하얀 거짓말을 하고 있는 것일 수도 있다.

그런데 사연자는 계속 '나는 진실을 다 알고 있는데 네가 어떻게 말하는지 보겠어' 하는, 떠보는 태도다.

그 사람을 믿는다고 하면서

그 사람이 좋다고 하면서

계속 뭔가를 의심하고 떠보는 말과 행동을 한다.

바로 이런 점이 상대방을 질리게 하는 건 아닐까?

예를 들어 당신이 연인과 함께 길을 가다가 연인이 아는 이성을 마주쳐서 인사했다고 해보자. 상대방에게 그 사람은 예전에 잠깐 안면만 익힌 정도라 굳이 당신에게 소개할 필요성을 느끼지 못했다. 그래서 가볍게 인사만 하고 지나쳤다.

그러면 당신은 그 사람이 누군지, 어떻게 아는 사이인지 당연히 궁금할 것이다. 그렇게 물었을 때 상대방은 별로 중요하지 않은 사람이라 대충 대답하고 넘어가려고 할 수 있다. 오래되어서 기억이 잘 안 날 수도 있다. 이때 사연 속 당사자는 의심부터 할 것이고 상대방을 집요하게 추궁할 것이다.

상대방이 내 손바닥 안에 있다고 여기고

모든 걸 속속들이 알려고 하지 마라.

둘의 관계에 여백을 허용하라.

그래야 둘 다 숨을 쉴 수 있다.

자신이 만약 상대방의 입장이라면 어떨지 생각해보라. 모든 걸 시시콜콜하게 묻고, 확인하고, 떠본다면, '이 사람이 나를 너무 좋아해서 이러는 거구나' 하고 이해할 수 있겠는가. 만나기로 했다면 믿어야 한다. 상대방의 입장에서 생각해보면 많은 문제가 풀린다.

내 메시지를
무시하는 남자친구

메신저 연락만을 애정의 척도로 삼지 마라.
오래 가려면 서로의 공간을 인정해줘야 한다.

주로 퇴근 후에 카톡을 하는 연인, 그런데 남자가 카톡을 몇 시간이고 안 볼 때가 많다. 그래서 뭐 했냐고 물으면 유튜브 보고 웹 서핑하고 있었단다. 그러자 여자는 이런 의문이 들었다.

'그럼 내 카톡이 온 걸 알았을 텐데 무시한 건가? 나를 안 좋아하는 건가?'

많은 사람이 생각보다
상대방에게 자신의 진짜 속마음을 잘 말하지 못한다.
상대방이 어떻게 받아들일지 두려워서일 수도 있고
어떻게 말해야 할지 전달 방식을 몰라서일 수도 있다.

어쨌든 생각보다 많은 이가 다양한 이유에서 상대방에게 바라는 점을 전달하기 어려워한다. 아무리 연인이 좋아도 퇴근 후에 혼자 지내는 시간이 소중한 사람이 많다. 특히 퇴근하고 나서 아무에게도 방해받지 않고 게임을 하거나 유튜브를 보는 게 유일한 힐링의 시간인 사람도 꽤 많다.

카톡 정도도 못 하느냐고 얘기할 수 있겠지만 연인과의 카톡이 어디 안부가 오가는 정도로 짧게 끝나는가, 자기 전까지 계속 오가는 경우도 많은데 그걸 당연하다고 생각하면 안 된다.

그런데 이런 마음을 상대방에게 전하기가 쉽지 않다. 오해하기 십상이기 때문이다. 앞의 사례에서도 이미 본인을 좋아하지 않는 건가 고민하고 있지 않은가. 그래서 더더욱 말하기가 힘들다.

연인과 나눈 카톡을 한번 돌아보라.
솔직히 거의 대부분 쓸데없는 얘기 아닌가.
별 영양가 없는 얘기를 주고받는 데 왜 그리 집착하는가.
때로는 그 시간에 생산적인 활동을 해보라.

그리고 '이 사람이 나를 좋아하는 게 아닌가?' 하는 생각은 과도한 걱정이다. 좋아하지 않는데 왜 사귀고 있겠는가?

연인 사이에 연락은 물론 중요하다. 알콩달콩 대화하고 싶은 마음도 이해한다. 그러나 카톡 연락만을 애정의 척도로 삼지 마라. 오래 가려면 서로의 시간과 공간을 인정해야 한다.

다툼이
파국으로 치닫지
않으려면

남자들이 여자친구한테 듣기 두려운 말 중 하나.
"우리 얘기 좀 해."

"싸우다 보니 제가 좀 말을 심하게 했어요. 남자친구는 상처받았다고 했고요. 그래도 몇 시간 뒤에는 대화로 풀고 싶었는데, 남자친구는 한 달이나 말을 안 하는 거예요. 참다 못한 제가 남자친구에게 '얘기 좀 하자'라고 했어요."

사연자의 남자친구도 처음부터 한 달이나 끌려고 한 것은 아닐 것이다. 그런데 아직 화가 누그러지지 않았을 때 여자친구가 화해하자고 나오니 더 마음이 닫혔다. 남자에게는 아직 시간이 더 필요하다.

남자들이 여자친구한테 듣기 싫은 말 중 하나가 이거다.
"우리 얘기 좀 해."
여자가 말하는 의도와 남자가 받아들이는 뜻이 다르기 때문에 그렇다. 여자는 화해하자고 손을 내미는 말이지만, 남자는 그렇게 받아들이지 않는다.

많은 남자가 기승전결이 빠르게 전개되는 걸 좋아한다.
상대방과 마주 앉아 무거운 분위기에서
대화하는 과정을 견디기 힘들어한다.

그래서 남자친구와 빨리 화해하고 서로 풀고 싶다면 "얘기를 하자"는 말보다 얼른 결론을 내려주는 게 낫다. 본인이 잘못한 경우라면 바로 사과하고, 그게 아니면 차라리 은근슬쩍 넘어가고 조금 뒤 서로 감정이 차분해졌을 때 되짚는 게 낫다. 남자는 여자친구가 미안해하고 있다는 것만 인지해도 충분히 마음을 풀 수 있다.

　보통은 싸웠으니까 충분히 대화를 하고 넘어가야 한다고 생각한다. 내가 상대방한테 상처를 줬고 상대방이 서운한 감정을 느꼈으면 그걸 풀어줘야 하는 건 맞다. 그런데 너무 화해해야겠다는 생각에 지나치게 꽂혀서 갈등을 악화시키는 경우도 있다.

　　　사과를 했을 때 상대방이 일부러 삐딱하게 반응할 수는 있다.
　　　아직 화가 덜 풀렸기 때문이다.
　　　그러나 그게 완전한 진심이 아니다.

　　　이때 절반의 풀린 마음을 헤아리지 못하고
　　　기분 나빠 하면 2차전이 시작된다.

　이 지점에서 한 번만 더 참으면, 그다음에는 남자 쪽에서 미안한 감정을 느끼기 시작한다. 딱 한 번만 고비를 넘기면 충분히 화해할 수 있다. 그때는 그냥 상대방의 말을 들어주기만 하면 된다. 그 순간을 넘기는 게 힘들다는 걸 안다. 그런데 우리의 목적은 2차전이 아니라 화해 아닌가. 그러면 눈

딱 감고 한 번만 더 받아주자. 이렇게까지 했는데 해결이 안 되는 경우는 많지 않다.

먼저 손 내민 것도 내가 배려해서 한 수 접고 들어간 건데 한 번 더는 못 하겠다. 만약 이런 생각이라면 그 둘은 잘 안 맞는 것이다.

"내가 잘못한 것 같아. 미안해. 기분 풀리면 연락줘."

이 정도만 해도 충분히 도리는 한 것이다. 그러고 나서 연락을 기다리면 된다. 상대방한테 키를 넘겨주는 것이다. 그러면 남자 입장에서는 연락을 안 하면 나쁜 사람이 된다. '내가 연락하지 않으면 이 관계가 지속되기는 힘들겠구나'라는 생각을 하게 된다. 궁금하기도 할 것이다. 여자친구가 나한테 미안하다고 하는 게 구체적으로 뭔지 말이다. 그래서 대화를 하려고 마음의 문을 열고 나올 가능성이 커진다.

갈 데까지 가보자고 자존심을 내세우기 바쁘면 사소한 싸움도 2차전, 3차전으로 이어지고, 최악의 경우 이별이라는 결과를 맞게 된다. 일방적으로 한쪽이 잘못한 일이 아니라면, 내가 먼저 미안하다고 하면 상대방도 미안해하는 게 인지상정이다. 만약 내가 먼저 사과했는데도 상대방이 미안해하지 않는다면, 그때는 이 관계를 다시 생각해볼 시점이다.

자기애가 높거나
자존감이 낮거나

그저 자기한테 취해 있는 유형이 있는 반면
자존감 낮은 걸 들키지 않으려고
겉으로 센 척하는 부류도 있다.
둘 중 어느 경우도 길게 함께하기 힘든 타입이다.

상대방이 자신에게 다 맞춰주는데도, 그런데 가끔 그가 신경에 거슬리는 말을 하면 화를 주체하지 못하겠다고 하는 여성이 있다. 그래서 폭발하듯이 남자친구에게 퍼붓다가 헤어질 뻔한 적이 한두 번이 아니다. 다른 사람과 교제할 때도 매번 이것이 문제가 되었다. 그런 본인의 성격을 고치고 싶지만 쉽지 않다. 어떻게 해야 고칠 수 있을까?

이런 유형은 두 가지로 살펴볼 수 있겠다.

① **자기애가 너무 큰 경우**

② **자존감이 낮은 경우**

그저 자기한테 취해 있는 유형이 있는 반면 자존감 낮은 걸 들키지 않으려고 겉으로 센 척하는 부류도 있다. 극과 극이다. 결론부터 말하면, 둘 중 어느 경우도 길게 함께하기 힘든 타입이다. 전자의 경우에는 상대방을 자신보다 아래로 봐서 그럴 가능성이 크다. 이런 경우 만약 자기보다 '사회적 조건이 좋은' 사람을 만나게 되면 우월감이 깨질 수 있다.

또 자기애가 큰 사람들은 20대까지는 자신감이 넘친다. 사실 그때가 여러 상대를 만나볼 때인데 그 순간에는 이 사실을 모른다. 그러다 30대 이후 만남이 줄어드는 현실에 직면하면 조급해진다. 아무런 준비도 없이 결혼에만 목매는 사람도 있다. 그래서 이성과의 만남의 가능성이 높은 20대 때부터 자신의 감정을 조절하며 살아야 한다. 소중한 사람한테 상처를 주다 보면 정말 좋은 사람을 놓칠 수 있다.

만약 자존감이 낮은 케이스라면 자존감을 키우면 된다. 특히 20~30대라면, 아직 커리어가 짧고 사회적 입지를 다지려고 고군분투하고 있는 시기이기에 자존감이 낮을 수 있다. 이때는 조금 더 노력해서 작은 성취를 쌓아가는 게 하나의 해결책이 되기도 한다.

내가 하는 일에 자부심을 갖게 되면 일에서의 성취뿐 아니라 부가적으로 따라오는 이점이 많다. 일이 소중해지기 때문에 일에 투자하는 시간이 많아지고, 그러면 연애에 대해 생각을 덜 할 수 있다. 성취감을 느끼고 그릇이 커지다 보면 사사로운 일에 분노하는 일도 줄어들 것이다.

어쩌면 이건 성장통이고, 지나가는 과정일 것이다.
그러나 부모가 아닌 한 언제까지고 그 성장통을 기다려줄 사람은 없다.

앞으로도 괴로워하며 좋은 시절을 보내고 싶지 않다면
자기 자신을 돌아보는 시간을 갖길 바란다.

소중한 주변 사람들이
영원히 당신 곁에 머물러 있는 것은 아니다.

이 사람을 더 좋아하고 싶고

결실을 이루고 싶다면 더욱 노력하라.

일도 열심히 하고 취미생활도 하고 자기 계발도 하라.

내 감정만 충족하는 데 그치는 게 아니라

인생에 도움이 되는 연애를 하는 사람.

평생 사랑할 수밖에 없는 사람이다.

결혼 준비가
안 돼 있는 사람과의 연애

남자가 준비가 안 돼 있는 상태에서 결혼했다면
첫 번째는 혼전 임신인 경우,
두 번째는 여자가 처음부터 끝까지
다 감당한 경우일 가능성이 높다.

"저희는 30대 초반 커플인데요. 5년째 연애 중인데 남자친구가 결혼 생각이 없다고 해요. 남자친구는 일이 힘들어서 공황장애를 겪었고, 쉬는 동안 경제적인 부분은 제가 거의 부담했어요. 남자친구가 결혼에 너무 책임감을 느끼는 것 같아 같이 해나가면 된다고 했지만, 이 사람 마음은 바뀔 기미가 안 보이고, 결국 제가 관계를 접는 것으로 마음을 정리하고 있지만 잘되지 않네요."

이런 상황에서 같이 해나가자고 말하는 건 남자에게 거의 무의미하다. 남자들은 어쩔 수 없이 결혼에 대한 경제적 책임감을 크게 느낀다. 여자 쪽에서 아무리 괜찮다고 해도 그게 크게 덜어지지는 않는다.

한번 진지하게 생각해보는 게 좋겠다.
'남자 하나만 보고 없는 살림부터 시작할 수 있을까?'
나중에라도 일이 잘 풀리면 좋겠지만 그게 안 되면 견디기 힘들 가능성이 크다. 설사 본인이 가장으로 살겠다고 마음먹고 결혼하더라도 출산과 육아를 하게 되면 상황이 바뀐다. 특별한 경우가 아니라면 일정 기간 대부분 남자의 외벌이로 생활해야 하는데, 그때의 상황까지 감당할 수 있는지 생각해봐야 한다. 남자가 결혼 준비가 안 돼 있는 상태에서 결혼을 한 사람들의 경우는 크게 두 가지로 나뉜다.

첫 번째는 혼전 임신인 경우, 두 번째는 여자가 처음부터 끝까지 다 감당한 경우다. 여자 쪽에서 남자가 추진하는 노력의 두세 배 이상을 했을 때라야 가능하다. 남자를 달래서 끌고 다니며 상견례나 결혼 준비까지 혼자 해내야 한다. 이렇게 하고 싶은 사람은 많지 않을 것이다.

결국 결혼의 열쇠는 '최소한의 경제력'에 달려 있다.
그래서 결혼을 생각하고 있다면
연애 초반에 상대가 결혼 생각이 있는지
준비는 되어 있는지 확인해볼 필요가 있다.

누구나 머리로는 알고 있다. 그러나 상대방을 많이 좋아하거나, 더 좋을 사람을 만날 수 있을지 자신이 없으면 마음이 흔들리게 된다.

사람 마음을 무 자르듯 자르긴 어렵다. 그래서 결혼이 이루어질 수 없다는 걸 알아도 헤어지기 힘들다. 그렇게 싸우다가 결혼이 무산되어도 후회하고, 결혼을 해도 후회한다.

이 사람과 헤어졌는데 한동안 결혼할 만한 상대를 못 만날 수도 있다. 그러면 '그때 그 사람이랑 헤어지지 말 걸', '그 사람과 어떻게 해서든 결혼할 수 있지 않았을까' 따위의 생각이 들 것이다. 그러나 절대 그렇지 않다.

지금 이 사람과 결판을 지어야

그다음 상황이 전개된다.

그래서 힘들더라도 결론을 내야 한다.

헤어질 때는 당연히 힘들다.

그러나 시간이 더 지나서 헤어지는 건 더 힘들다.

분리 불안형 인간과는
미래를
꿈꾸기 힘들다

소중한 사람이
미래를 위한 선택을 하겠다는데

이해해주지 못한다면 함께할 가치가 있을까?
아마도, 함께하고 싶어도 못 하게 될 것이다.

"나야, 일이야?"

이분법적이고 심지어 유치하기도 한 이런 질문이 연인 사이에서는 아주 흔하다. 그저 나를 얼마나 사랑하고 있는지 확인하고 싶은 마음이 큰 경우도 있지만, 정말 둘 중 하나를 선택해야 하는 순간도 올 수 있다.

여기 한 남자가 있다. 24세, 이 남자는 학교에서 후원하는 해외 취업 프로그램에 지원해서 합격했다. 그리고 여자친구에게 이렇게 말했다.

"이건 정말 좋은 기회라서 가고 싶어."

여자친구가 뭐라고 했을지는 아마 예상이 갈 것이다.

"그럼 나는 어떡해. 나보고 기다리라는 거야?"

남자가 군대에 갈 때도 비슷한 문제는 발생하지만, 상황이 좀 다르다. 군대는 안 가는 걸 선택할 수 없지만 이 경우엔 선택할 수 있기 때문이다.

여자는 이렇게 심경을 토로했다.

"그럼 나 혼자 있어야 하잖아. 네 연락만 기다리는 나 자신이 너무 비참할 것 같아."

이렇게 말하는 사람은 분리 불안형 인간이다.

상대방에게 집착하고 떨어져 있으면 불안해한다.

이런 사람과는 서로의 계획을 존중하며
건강한 연애를 하기가 쉽지 않다.

이 문제에 대한 둘의 대화는 계속 제자리였다. 남자는 해외로 가고 싶다고 했고 여자는 내가 기다려야 하느냐고 반문했다. 남자는 가고 싶으니 기다려달라고 명확히 자신의 뜻을 전했다(고 생각했다). 그런데 여자친구는 기다리겠다고도, 그렇다고 헤어지자고도 하지 않는다. 여자친구의 말과 태도가 애매하다고 느꼈다.

당연하다. 여자친구와의 대화가 계속 겉도는 이유는 남자도 갈피를 못 잡고 있기 때문이다. 가고 싶은데 여자친구의 반응이 좋지 않으니 혼란스러운 상태다.

분명한 건 이 남자는 해외로 가고 싶다는 것이다. 가고 싶으니까 고민하는 것이다. 그럼 가는 게 맞다. 이건 상대방을 설득할 문제가 아니다. 특히 20대라면 상대방을 이해시키기란 거의 불가능에 가까울 것이다.

이럴 때는 이렇게 말하는 것이 현명하다.

① 가고 싶어. 기다려줘. (X)
② 가고 싶어. 기다리기 싫으면 안 기다려도 돼. (O)

기다려달라고 하면 상대방은 "기다리게 할 거면 안 가면 되잖아"라고 나온다. 조금만 더 설득하면 안 갈 수도 있을 것 같아서 얘기가 끝나지 않는다. 그러니 내가 가겠다는 의지를 확실하게 전달해야 한다. 그러면 상대방은 '더 이상 손쓸 재간이 없겠구나'라고 받아들인다. 기다리기 싫으면 안 기다려도 된다고 말하라. 그러면 되려 기다릴지도 모른다.

본인이 자꾸 다른 선택지를 주니까
상대방이 그걸 물고 늘어지는 것이다.
그 선택지를 안 주면 물고 늘어질 게 없다.

자기한테 하나하나 다 맞춰주는 사람을 좋아할 거라고 생각할 수는 있겠지만, 오랫동안 매력을 느끼기는 힘들다. 사귀고 있다는 이유로 자신이 해야 할 일, 할 수 있는 일을 안 하면 지금 당장은 상대방이 기뻐할지 모르나, 지나고 보면 아무런 의미가 없다. 헤어지라는 게 아니라 미래를 위해 할 일은 하라는 것이다. 잘될 인연이면 돌아와서도 만날 것이고, 그게 아니면 할 수 없다.

소중하게 생각하는 사람이 미래를 위해 뭔가를 선택하겠다는데 이해하지 못한다면 함께할 가치가 있다고 할 수 있을까? 아마도, 함께하고 싶어도 못 하게 될 것이다. 앞으로 뭘 하든 상대방의 입장까지 100퍼센트 고려하고 설득하면서 나아갈 자신이 있는가?

나를 정말 사랑하는 사람이라면, 그리고 현명한 사람이라면 아쉬워도 상대방의 선택을 존중하고 응원해줘야 한다. 그리고 떨어져 있는 동안 관계를 유지할 방법을 함께 찾아갈 것이다. 그저 내가 싫으니까 하지 말라고 말하는 사람은 인생에 도움이 안 될뿐더러, 행복한 관계를 기대할 수 없는 파트너다.

항상 서운한 여자,
받아주지 않는 남자

결국 상대방이 나를 사랑하고 있다는 걸
확인하고 느끼고 싶은 것이다.
이런 사람의 특성을 바꾸긴 힘들다.

30대 중반 커플. 결혼을 약속했는데 남자가 투잡을 시작하면서 같이 보내는 시간이 줄어들었다. 외로워진 여자는 남자를 너무 사랑하지만, 이대로 결혼을 하는 게 맞는 건지 고민이 된다. 또 이 상황을 이해 못 하는 자신이 이상한 건지 혼란스럽다.

때때로 이 여성처럼 자주 서운해하는 사람이 있다. 20대 초반이라면 함께하는 시간을 많이 못 갖는 것에 대해 서운해할 수 있지만, 나이가 들수록 보통 그런 서운함은 줄어든다. 그런데 이런 타입은 다르다. 20대 때는 물론이고 30대가 되어도 40대가 되어도 서운해한다.

결혼해서 10년이 지나고 20년이 지나도
심지어 애가 다 커도 서운해할 사람은 그냥 서운하다.
그러니까 그 사람을 바꾸려고 들지 마라.

여성의 입장에서 이 결혼을 하는 게 맞는지 판단이 어렵다면 이것 하나만 생각하라.

'이 사람은 내가 밑도 끝도 없이 서운하다고 얘기하더라도 받아주는 사람인가, 아닌가?' 그런 사람이 있고 그렇지 않은 사람도 있다. 주변에 결혼한 사람들을 보면 그냥 체념하고 사는 사람, 혹은 아직도 깨 볶고 사는 사람이 있다. 아직도 깨 볶고 사는 사람들은 결혼하고 나서도 계속 그게 가능한 것이다. 한쪽이 서운하다고 얘기하면 다른 쪽이 받아주고 이야기를 들어주고 토닥여도 주는 것이다.

물론 남자친구의 입장에서는 투정 아닌 투정을 받아들이기 힘든 순간도 있을 것이다. 그러나 평소에 잘 받아주던 사람이 한 번 안 받아주면 상대방도 '이 사람이 오늘 좀 힘든가 보구나'라고 이해하고 넘어갈 수 있다. 그러니까 평소에는 자신을 위해서라도 어지간하면 적금 쌓듯이 열심히 받아주는 게 좋다.

내 서운함을 받아줄 수 있는 사람인가 아닌가.

내가 서운하다고 했을 때 내 얘기를 들어주려는 자세,

이런 여성은 그걸 보는 것이다.

이 고민에 대한 답은 이것이다. 만약 남자친구가 내 서운함을 잘 안 받아준다면, 그와 결혼했을 때 내 서운함을 드러내지 않고 살 수 있겠는가 생각해봐야 한다. 도저히 안 되겠다 싶으면 그 관계는 끝이 뻔히 보이는 관계다. 그 서운함은 배가되면 배가되지 절대 반으로 줄어들지 않기 때문이다.

만남의 횟수가
애정의
척도는 아니다

사귀기 전에는 평일에도 새벽까지 같이 있고 그랬는데
막상 사귀기 시작하니까
평일에 만나면 다음 날 너무 피곤해서 힘들다고 한다.

서로 휴무일이 맞지 않아 주말에 하루만 만나기로 한 커플. 우연히 평일에 둘 다 쉬게 되어서 여자가 남자에게 만나자고 했더니 남자는 친구들과 놀고 싶다고 한다. 사귀기 전에는 평일에도 새벽까지 같이 있고 그랬는데 막상 사귀기 시작하니까 평일에 만나면 다음 날 너무 피곤해서 힘들다고 한다. 사귄 지 2주밖에 안 됐는데 이러니까 여자는 자기가 안 보고 싶은 건가 싶고 이해가 안 된다.

아마도 남자는 여자가 보고 싶지 않아서 그러거나 좋아하지 않아서 그런 것은 아닐 것이다. 관계의 방향을 잡아나가는 것일 뿐. 처음부터 쉬는 날마다 연인을 만나기 시작하면 앞으로도 대부분의 경우 만나야 할 것 아닌가. 그러면 이 연애가 피곤해질 거라는 걸 짐작한 것이다.

상대방이 데이트에 집착하는 게 느껴지는 것이다. 데이트하는 것, 오랜 시간 같이 있는 것, 쉬는 날 꼭 만나야 하는 것… 누군가한테는 이게 당연한지 몰라도 다른 한쪽에게는 아닐 수 있다. 일주일에 하루는 무조건 데이트하기로 했으니 다른 휴일에는 친구들도 좀 만나고 싶을 수도 있는 것이다. 그래서 초반에 나름대로 관계 정립을 하려는 것일 수도 있다.

친구를 만나고 싶다고 솔직하게 얘기해주는 것은 오히려 좋은 신호다. 물론 사귀기 전에 다음 날 출근해야 하는데도 늦게까지 같이 있던 것도 진심이었을 것이다. 흔히 '잡은 물고기다 이거냐'라고 서운해하고 화를 낼 수 있지만, 그로서는 지치지 않고 오래 만나기 위한 노력일 수 있다. 진짜 위험한 건 오히려 아무런 이야기도 하지 않는 것이다. 자기 뜻은 다르지만 말 없이 상대방의 뜻에 맞춰준다면 그게 더 나쁜 결과를 가져올 수 있다.

원하지 않는데도 상대방의 뜻만 따르고
말 안 하고 가만히 있다가 그림자처럼 쓱 사라진다.
이런 남자는 그렇게 진짜 마음이 뜨면 조용히 떠난다.

그럼 만남의 감각이 나와 맞는 사람을 만나는 게 낫지 않을까? 그런데 이 점을 생각해봐야 한다. 맞는다는 기준이 쉬는 날은 무조건 나를 만나야 하고 친구보다는 내가 우선이어야 하고, 이런 것들 아닌가.

누구라도 마음먹기도 전에 상대방이 거기에 혈안이 돼 있는 것 같으면 오히려 더 하기 싫어진다. 마음속 한편에 결핍된 부분을 연인으로 채우지 마라.

당장 그 사람과 함께하면 충족되는 것처럼 느껴져서
계속 갈구하게 되지만
오히려 그게 나를 갉아먹는다.

자신의 결핍을 한 번쯤 돌아보자. 그건 상대방이 하는 말이나 행동만 가지고 충족되지 않는다. 다른 것들로 좀 채워 넣어야 한다. 스스로 풍요로운 사람이 되면 마음에도 여유가 생기고 연애도 한층 편안해질 것이다.

누군가를 건강하게 만날 조건을 갖추고,

혼자서도 온전할 준비를 하고 나서

이제야 제대로 된 관계를

이어갈 수 있겠다고 여겨야 한다.

집착이 심한
남자들의 특징

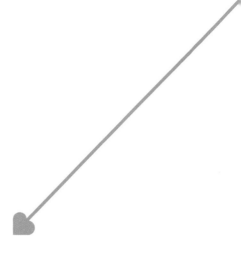

이 사람이 위험한 이유는 자기가 하는 가스라이팅이
상대방에게 먹힌다는 걸 알고 있기 때문이다.
그래서 헤어지자고도 했다.
상대방이 전전긍긍할 걸 알기 때문이다.

"남자친구가 저를 의심하고 추궁하는 일이 잦아요. 예를 들어 친구들과 술자리 중 남자친구에게 실수로 전화를 걸었다 끊은 적이 있어요. 잘못 걸었다고 하면서 잠깐 메시지를 보냈죠. 그러자 남자친구는 왜 전화를 하다 말고 끊었냐며 질문을 쏟아내기 시작했어요. 이 사람의 집착이 너무 심해서 요즘은 좀 힘들어요. 어떻게 해야 할까요?"

여자는 사실대로 대답했지만 남자는 납득하지 못하고 의심한다. 숨기는 게 있어서 전화를 끊은 게 아닌지, 뭔가 잘못해서 미안하니까 그러는 거 아닌지…. 혼자 상상하고 답을 정해놓고서 상대방을 추궁하는 것이다. 이건 병적인 집착의 징조를 보이는 일부 남자들의 전형적인 특징이다. 자기가 머릿속으로 그려둔 것에 모든 상황을 끼워 맞추고 의심한다.

여자로서는 길게 해명할 문제가 아니라서 간단하게 답변을 하면 남자는 계속 기분이 나빠 있다. 그러면 여자는 "내가 뭘 잘못한 거야"라고 하면서 싸움이 시작된다. 그렇게 싸우고 화해하는 과정에서 남자는 여자를 붙들고 사실관계나 여자가 하는 말에 모순이 있다며, 그걸 이해시키라고 한다. 그렇게 2~3시간 통화하는 일이 반복된다.

그리고 최근에는 남자가 헤어지자는 뉘앙스로 얘기를 꺼냈다고 한다. 그런데 이 여성은 이 관계를 회복하고 싶어서 전전긍긍한다. 이런 관계가 위험한 이유는 한쪽이 자기가 하는 반협박이 상대방에게 먹힌다는 걸 알고 있기 때문이다. 그래서 헤어지자는 이야기를 꺼냈다. 여자가 초조해할 걸 알기 때문이다.

남자의 생각대로 여자는 선뜻 헤어지자고 하지 못할 것이다. 그리고 남자는 그 사실을 알고 있다.

그럼에도 여자는 이렇게 말한다.

"그래도 이 남자에게 좋은 점이 워낙 많기 때문에 헤어지기 망설여져요."

좋은 점이 많은 사람이 아니라
좋은 점만 있는 사람과 연애해야 한다.
단점이 치명적인데 다른 좋은 점이 무슨 소용인가.
다른 건 좋은데 그거 하나 안 좋아서가 아니라
그거 하나 때문에 헤어져야 하는 거다.

주변을 보면, 연인에게 매우 불합리한 대우를 받으면서도 헤어지지 못하는 사람이 있다. 그 사람이 해코지할까 봐두려운 게 아니다. 그런 사람은 보통 심하게 대하고 난 후 미안해서 잘해주니까, 거기서 못 헤어나는 것이다. 그렇게 가스라이팅 당하고 무기력을 학습한다.

이런 사람에게 오래 당하고 있으면 이 말이 귀에 꽂히지 않을 것이다. '지금 남자친구한테 이해를 못 시켜줘서 오해를 사는 거겠지', '내가 말을 똑바로 하면 달라지겠지' 하고 여긴다. 그러나 남자친구의 집착이 심상치 않다면 관계를 계속 이어갈 것인지 신중하게 생각해봐야 한다.

나를 정말 사랑하는 사람이라면,

그리고 현명한 사람이라면

아쉬워도 내 선택을

존중하고 응원해줘야 한다.

그러면서도 관계를 유지할

방법을 함께 찾으려 할 것이다.

도전을 즐기는 남자,
안정을
추구하는 여자

대부분 사귈 사람을 고민할 때,
더욱이 평생을 함께할 사람을 선택할 때는
자신을 얼마나 응원해주는가를 중요하게 본다.

남자는 유튜브 채널을 운영하기 시작해서 순조롭게 키워가고 있다. 그런데 여자친구는 그가 유튜버인 걸 싫어한다. 그만두라고 해서 매일같이 싸우고 있다. 유튜브뿐 아니라 그가 책을 출판하는 것도, 이직하는 것도 싫어한다. 그냥 안정적으로 둘이서 알콩달콩 살고 싶다고 한다.

솔직히 본인이 받아들이기 힘들거나 이해하기 힘든 영역은 일단 거부하고 보는 타입은 만나기 꺼려진다.

내가 뭔가를 열심히 하고 있는데

게다가 좋은 결과가 보이는데도

상대방이 계속 하지 말라고 하면 견딜 수 있겠는가?

그런데 이런 사람이 의외로 많다. 아무것도 안 하고 자기만 바라봐주길 원하는 사람. 이 커플은 사귀고 1년 동안 서로 친구들을 거의 안 만났다. 그러니까 '나도 이렇게 지내니까 너도 그래야지'라는 식으로 말이다.

우리 인생에는 여러 가지 영역이 있고

연애는 그중 일부일 뿐이다.

그런데 연애를 최우선 순위로 놓고

나머지는 뒷전에 두는 사람들이 있다.

단둘이 무인도에서 사는 것도 아닌데, 인생의 여러 가치 있는 도전을 마다하고 둘만 바라보며 알콩달콩 살자고 한다.

둘이 성향이 맞으면 그나마 괜찮다. 그런데 한쪽은 도전을 즐기고 다른 한쪽은 그 반대라면 서로가 힘들다. 결혼하면 더 문제다. 내가 도전을 하려는데 응원은 못 해줄망정 의지를 꺾어버리면 깊었던 애정도 식게 마련이다.

많은 사람이 누군가와 사귀려 고민할 때, 더욱이 평생을 함께할 동반자를 선택할 때는 자신이 하는 일을 응원해주는 가도 중요하게 본다. 그런 사람이라면 상대방을 위해 노력한다. 물론 이례적으로 고마운 줄 모르는 사람도 있겠지만, 대부분은 자신이 하는 일을 서포트해주고 믿어주는 사람을 사랑한다.

욱하는
사람을
바꿀 수 있을까

욱하는 사람이 성격을 고쳐야겠다고 마음먹을 때는
상대방이 더 강하게 대응했을 때가 아니다.
상대방에게서 실망하는 표정을 봤을 때다.

이 커플은 만나고 헤어지기를 수없이 반복했다. 둘 다 성격이 불같은데 그때마다 화가 나면 막말을 한다. 서로가 서로에게 '네가 먼저 성격을 고쳐라'라고 한다.

이런 성격을 하루아침에 고치기란 사실 쉽지 않다. 서로 핑계를 댄다. 네가 그렇게 화를 내니까 나도 그런 거라고. '눈에는 눈, 이에는 이'라는 말을 실천하는 것이다.

그런데 여기서도 남녀의 차이는 있다. 똑같이 욱하고 말이 거친 상대를 만났다고 해보자. 많은 경우, 여자는 이미 그에게 관심이 생겼으면 어떻게 그를 바꿀 수 있을지 고민한다.

반면 대개 남자는 그 여자를 바꾸려고 고민하지도 않는다. 그냥 오래 안 만나고 헤어진다. 다만 어떻게 대처하느냐에 따라 이런 남자도 바뀔 수 있다.

상대방이 거칠게 나올 때
똑같이 받아쳐 봐야 얻을 수 있는 건 거의 없다.
좋은 행동도 아닌데 똑같이 굴어서 나아질 게 뭔가.

나도 결혼 초반까지 욱하는 성격이 남아 있었는데, 욱하는 사람, 특히 남자가 자신의 성격을 고쳐야겠다고 마음먹을 때는 상대방이 더 강하게 나왔을 때가 아니다. 상대방에게서 실망하는 표정을 봤을 때다.

욱하는 행동을 할 때마다 내가 진짜 사랑하는 사람이 실망스러운 표정을 짓는 걸 본다고 생각해보라. '내가 또 실수했구나, 변해야겠구나' 하고 생각하게 된다.

어떤 일이 일어났을 때 기름을 붓는 게 아니라
물을 부어서 꺼줄 수 있어야 관계가 유지된다.

연애를 떠나서 나 자신을 위해 스스로 욱하는 태도를
고치겠다고 생각해야 한다.

네가 먼저 바꾸라고 계속 상대방에게 책임을 전가하고 있으니까 해결이 안 되는 것이다. 자신을 위해서라도 연습을 해보라. 당신의 변화가 눈에 보이면 상대방도 변할 것이다.

너무 착해서
매력 없는 여자

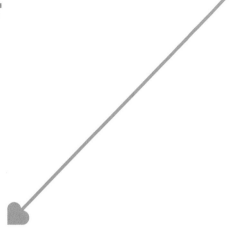

너무 착한 일부 여성들을
남자들은 '착해서 매력 없다'라고 느낀다.
이들의 공통점은 연인을 너무 좋아하는 게
빤히 느껴진다는 것이다.

"남자에게 엄청 사랑받으면서 만나다 보면 저도 퍼주기 시작하는데 그러면 남자들이 지겨워서 떠나는 느낌이에요."

"차이면서 '넌 너무 착하다'는 얘기를 몇 번이나 들었어요." 이런 말을 자주 듣는 여성의 특징은 남자들이 '착해서 매력 없다'라고 느낀다는 것이다. 그리고 좋아하는 남자를 만나면, 너무 좋아하는 게 느껴진다는 공통점이 있다.

교제하면서 남자가 생각하는 타이밍과 여자가 생각하는 타이밍이 다른 경우가 많다. 여자들은 남자가 표현을 충분히 하면 나도 마음껏 퍼줘도 되겠다고 생각한다.

그런데 여자가 남자한테 사랑받았다고 생각하는 그 타이밍이 남자에게는 관계 초반의 호의였을 수도 있다. 이만하면 충분히 남자의 마음을 확인했다고 생각한 그때가, 남자 기준에서는 이제야 그 여성의 매력을 알아가기 시작한 지점, 즉 아직 관계가 완연히 무르익지 않은 시점인 것이다. 바로 여기서 오류가 발생한다.

여자는 왜 남자에게 엄청 사랑받는 것처럼 느꼈을까? 그때까지의 본인의 모습이 남자에게 신선하고, 매력적으로 느껴졌기 때문이다.

그 기간에 보여준 본인의 모습을 어느 정도 유지하면서 차츰 관계가 깊어져야 하는데, 이 남자가 나를 사랑하는 마음이 느껴지니까 그만 무방비 상태로 내 마음을 다 줘버린다. 그러면 남자 기준에서는 그때를 기점으로 그 여자가 처음 매력을 느꼈던 여자가 아닌, 다른 여자가 돼버리는 거다.

성인 남녀라면 대부분 사귀고 한두 달이면 웬만한 연인 사이에서 할 수 있는 일들은 다 했을 것이다. 그러면 거기서 부터 제일 중요한 게 뭘까?

여자는 이 남자가 나한테 어떻게 하는지를 지켜본다.
남자는 내가 이 여자에게 어떻게 해줄지를 잰다.
이 여자한테 그렇게 해줄까 말까 계속 고민한다.
그런데 여자는 이미 남자가 '나에게 이렇게 해주겠지' 하고 기대한다.

착한 여자라서 매력 없는 여자와 나쁜 여자인데도 매력 있는 여자를 대하는 남자의 태도는 어떻게 다를까?

예를 들어 데이트할 때 여자가 돈을 안 낸다고 해보자. 남자가 매력이 없다고 느끼는 여자였으면 더 호감이 사라지니까 거기서 관계를 끝낼 것이다. 반면, 매력을 느끼는 여자는 같은 행동을 해도 남자가 따라가준다. 이 경우라면 여자가 리드하고 있다는 확신을 어느 정도 가져도 된다.

그런데 착한 여성의 대부분은 이 지점에서 망설인다. 여기서 이렇게 행동하면 차이지 않을까 두려워한다. 그런데 차일 거면 진작에 차였다는 걸 알아야 한다. 단순히 돈 이야기가 아니라 그 관계를 이끌어가는 방식, 주도권에 관한 이야기다. 남자가 매력을 느끼는 여자라면 돈을 쓰면 쓰는 대로, 쓰지 않으면 또 그 나름대로 멋있어 보인다.

관계의 정도를 파악하는 것이 중요하다.
그런데 그에게 여러 좋은 것을 해주지 않기가 너무 어렵다고 한다.
그를 사랑하는 마음이 너무 강해서 그렇다.

그 마음을 조금 내려놓자. 이렇게 말하면 "남자에 관심을 끊었더니 계속 혼자 지내게 되던데요"라고 하는 사람이 있다. 왜 이렇게 극단적일까. 철벽을 치고 다니라는 말이 아니다. 너무 절실하게 조바심 내지 말고, 그가 나에게 반했던 그 모습을 어느 정도는 유지해야 한다는 말이다.

계속 궁금한 사람
vs
속이 뻔히 보이는 사람

'지금 그 사람은 뭘 하고 있을까?'
궁금하게 만들어야 한다.
상대가 더 안달 나게 만들어야 한다.
그런데 어떤 사람은 말하지 않아도 먼저 연락하고 알려준다.
귀찮을 정도로!

남자는 평소 여자친구의 일상이 자주 궁금한데, 여자친구와 연락이 잘 안 되어 서운하다고 했다. 그러던 차에 이번에는 여자친구가 친구와 하룻밤 캠핑을 간다고 했고 남자는 알겠다고 했다.

여자는 늘 자신에게 안달 나 있는 남자가 답답했고, 더 이상 매력적으로 보이지 않았다. 자신도 모르게 마음이 조금씩 식고 있었다.

그 와중에 그녀가 캠핑 일정을 4박 5일의 제주도 여행으로 변경했다며 일주일 전에 통보해왔다. 갑자기 길어진 여행 통보에 남자는 기분이 상해서 크게 다퉜고, 여자는 싸늘한 표정으로 예정대로 여행을 떠났다. 그 뒤로 여자로부터 또다시 연락조차 잘 안 되었다. 그녀가 돌아온 뒤, 다시 연락 문제로 다퉜고, 결국 여자는 이별을 통보했다.

어느 정도 관계가 깊어졌다고 해도, 상대방에게 계속 궁금한 존재, 흥미로운 존재로 남는 것은 중요하다. 너무 속이 뻔히 보이는 사람은 더 이상 설레지도 않고, 그와 관계를 이어가고 싶은 의욕이 일지도 않기 때문이다.

물론 연인이 내가 아닌 친구와 근교 여행 가는 것도 아니고 비행기까지 타고 제주도를 가는데 좀 섭섭할 수는 있다. 그래도 이미 가기로 했다면 웃는 얼굴로 보내주는 게 낫다.

가장 가까운 연인을 두고 다른 이와 여행을 가겠다고 마음먹은 사람이라면 누구나 이 사실을 전달할 때 눈치를 본다. '친구랑 여행 가기로 했는데 이 사실을 어떻게 전달해야 할까, 흔쾌히 이해해줄까?' 싶은 것이다.

이때 상대방이 눈치 본다는 사실을 이용하라.
꼭 필요한 순간, 한발 물러나서 이해해주면 내가 주도권을 쥘 수 있다.

여행 간 여자친구에게 친구와 오긴 했지만 '지금 이 남자는 뭘 하고 있을까?' 하고 궁금하게 만들어야 한다. 떠난 사람이 더 안달 나게 만들어야 한다. 그런데 이런 남자는 알아서 다 알려준다. 귀찮을 정도로! 더 이상 궁금해지지도 않고 안 봐도 뻔히 보이는 사람이다. 재미도 없고 설렘도 없다.

오히려 뜻밖에 관대해서 자꾸만 신경이 쓰이고, 나를 별로 안 좋아하는 건 아닌지 걱정하게 하라. 상대방이 완전히 마음을 내려놓지는 못하게 하는 사람이 되어야 한다.

지금 뭐 하고 있을지 궁금한 사람 vs 뭘 하는지 뻔히 보이는 사람
내가 없어도 될 것 같은 사람 vs 나한테 안달 난 사람

남자든 여자든 전자에게 더 끌린다. 그러니까 있는 감정, 없는 감정 다 보여주지 말고 밑천을 좀 남겨라. 이걸 깨닫지 못하면 앞으로 그 누구를 만나더라도 휘둘릴 가능성이 크다.

이별과
재회의
법칙

사랑했던 것을
현명하게
버리는 용기

전 연인에게
미련이 남았을 때

새로운 이성을 만나는 중인데 자꾸 전 연인과 비교하게 된다.
외모도 성격도 이전 사람이 더 나은 것 같은데,
지금의 만남을 꼭 이어가야 하는지 고민이 된다.
어떤 선택을 해야 할까.

"30대 초반 남자입니다. 전 연인과는 9년을 사귀다가 헤어졌어요. 붙잡아봤지만 소용이 없어서 힘든 시간을 보냈습니다. 새로운 사람을 만나는 중인데 자꾸 이전 연인과 비교하게 됩니다. 외모도 성격도 이전 사람이 더 나은 것 같은데, 결혼 적령기인 제가 과연 이 사람과 결혼할 수 있을지 의문이 들어요. 이 만남을 꼭 이어가야 하는지 고민입니다."

이 사람은 9년이나 사귄 연인과 헤어졌는데, 헤어진 이유는 상대가 말해주지 않아서 모른다고 했다. 그냥 자기와 결혼할 자신이 없다고 했다는데, 남자가 경제적으로 결혼 준비가 안 된 것도 아니었다. 전 연인을 붙잡아도 봤다. 부족한 게 있다면 개선하겠다고 했다. 하지만 그녀는 그래도 힘들 것 같다고 했다. 그녀의 마음은 무엇이었을까? 헤어진 후 나눈 메신저 대화에서 단서를 찾을 수 있다. 그가 술을 마시고 전 연인한테 메시지를 보냈다.

남자
요즘 날 많이 풀려서 따뜻하다. 그치? 그래도 일교차가 커서 밤엔 좀 춥더라. 오늘 속초에 놀러왔는데 얼마 전에 같이 왔던 곳이라 문득 너는 뭐 하나 하는 생각이 들어서 한번 연락해봤어. 일교차 크니까 건강 잘 챙기고 아프지 말고 잘 지내.

20분 후 답장이 왔다.

여자

나는 바쁘게 지내려고 노력해.

(나는 바쁘게 지내고 '있어'가 아니라 나는 바쁘게 지내려고 '노력해', 아직도 노력을 해야만 버틸 수 있다는 말이다.)

오빠도 건강 잘 챙기고 잘 지내.

남자는 더 이상 답을 하지 않았다. 그러자 5일 후에 여자가 먼저 연락을 해왔다.

여자

오빠, 잘 지내면 좋겠어. 요즘 점점 날씨가 추워지는데 기침은 안 하는지. 운동 열심히 하고 계획하던 거 잘 이뤄. 오빠는 할 수 있을 거야. 멋진 사람으로 성장해서 좋은 소식 들리길 바랄게.

나는 혼자 제주도에 다녀왔어. 하나씩 해보고 도전하면서 나아가보려고.

('혼자' 다녀왔다고 오해 없도록 다 얘기해주고 있다.)

대화를 보면 이 관계는 끝난 게 아닌데, 왜 여자는 남자를 뿌리쳤을까? 추측해보건대, 그 속내는 이렇다.

① 여자는 남자에게 마음이 뜨지 않았다.

② 결혼 직전에 현실적으로 깊게 고민하는 게 있다.

③ 결혼하기 힘든 그 이유는 남자에게 쉽게 말하지 못할 사안이다.

9년이나 연애했고 결혼 적령기가 되었는데, 이 관계를 지속하기에는 아무런 의미가 없다는 생각이 들어서 여자는 이별을 결정했다. 남자를 좋아한다는 이유만으로 결혼할 수는 없는 상황인 것이다(그게 뭔지는 모르겠지만).

남자가 부족한 게 있으면 개선하겠다고 했을 때 이렇게 생각했을 것이다. '이 남자는 아직도 연애에 한정된 생각만 하고 있구나.' 그렇기에 남자가 뭔가를 바꾼다 해도 계속 만날 의미가 없다고 판단했다. 왜? 어차피 우리에게 결혼은 없으니까. 이런 상대방의 마음을 알면서도 재회를 꿈꾸고 있다면, 먼저 어떻게 하고 싶은지 본인의 마음부터 정직하게 들여다보았으면 한다.

전 연인과 재회하고 싶은가, 새로운 사람과 시작하고 싶은가?
전자라면 전 연인에게 연락하라.
그리고 그 사람의 진짜 속내를 확인하라.
진지하게 결혼을 염두에 두고 만날 생각이 있다면.

여자들은 절대
구별 못 하는
마음 없이 사귀는 남자

마음 없는 관계에서 이런 상대방은 정거장 같은 것이다.
그저 스쳐 가는 존재일 뿐 종점은 아니다.

여자의 고백으로 시작해 1년 남짓 사귄 사내 커플이 있다. 그런데 최근 결혼 문제로 싸움이 잦아졌다. 여자는 결혼하고 싶었지만 남자는 당장 결혼 생각이 없다고 했다. 사내 커플이다 보니 주변에서 결혼 언제 하느냐고 말이 나올 때마다 남자친구의 표정이 굳었다. 그걸 보면서 여자는 상처받았다. 결혼에 대한 생각 차이를 좁히지 못하고 둘은 헤어졌다.

이건 결혼과는 관련이 없는 문제일 수 있다. 그는 처음 만났을 때부터 이 여성한테 그다지 마음이 없었을 가능성이 크다. 1년을 만났는데 말도 안 된다고 할지 모르겠다. 하지만 충분히 가능하다.

여자가 고백해왔는데, 크게 나쁘지 않아서 일단 사귀었고, 사내 연애라 둘이 연애하고 있다는 걸 아는 사람이 많았기 때문에 쉽게 헤어지기도 힘들었다. 그렇다고 다른 사람이 생기지도 않았고, 그저 관성에 이끌려 만나다 보니 어느덧 1년이라는 시간이 흐른 것이다. 좀 더 잔인하게 표현하자면, '연애까지는 괜찮은데 결혼은 선 넘는 거지'라는 느낌인 것이다.

나를 좋다고 하는데 나는 그 정도로 좋아하지는 않지만
그래도 사귀지 못할 정도는 아닌 여자.
마음이 없는 관계에서 이런 여자는 정거장 같은 것이다.
그저 스쳐 가는 사람일 뿐 종점은 아니다.

남자는 본능적으로, 상대방이 먼저 좋다고 표현하고 누가 봐도 이 사람이 나를 더 좋아하는 걸 느끼면, 굳이 더 이상 마음을 내어주려 하지 않는다. 반대로 감정을 요동치게 만드는 사람에게 더 큰 매력을 느낀다.

그걸 알면서도 '내가 좋으니까 괜찮다'라고 생각하는 사람들도 있다. 이 경우 만남이 지속되지 않거나, 끝내 헤어나지 못하고 상대에게 끌려다니는 연애를 하거나, 둘 중 하나다.

남자가 관계의 진전을 내켜 하지 않으면 어쩔 도리가 없다. 그의 마음을 좌지우지할 힘이 없으니까. 다만 이제 그의 진심을 알게 되었다면, 그 사람이 당신한테 잘해줬던 기억부터 내려놓아야 한다.

이런 남자와 사귀면서 많은 사람이 '이 남자도 나를 좋아하지만, 애정 표현을 잘 못 하는 스타일이라서 나를 별로 좋아하지 않는 것처럼 보일 수 있어'라고 생각하면서 만남을 지속한다. 그런데 그건 그냥 남자가 여자를 좋아하지 않아서다. 감정이 딱 거기까지이기 때문에 그렇게 행동하는 것이다.

남자는 진짜 좋아하면 '츤데레'가 될 수 없다.

더욱이 결혼할 생각이면 츤데레 타입은 만나면 안 된다.

물론 츤데레 중에서도 진국인 남자가 있을 수 있다. 그런데 그런 사람은 쉽게 구분하기 힘들다. 여자들이 매력을 느끼는 전형적인 츤데레 남자들은 결혼하기에는 리스크가 더 크다. 그의 진심을 파악하기 쉽지 않기 때문이다. 더군다나 누군가를 좋아하게 되면 이성적인 판단력까지 흐려진다. 그래서 위험하다는 거다.

힘들겠지만 그냥 나를 향한 마음이 딱 그 정도인 남자였다는 사실을 받아들여야 한다. 인생이 꼬일 뻔한 결정적인 경험을 했다고 생각하자. 이걸 겪었으니까 이제는 그런 사람을 더 잘 알아볼 수 있을 것이다. 어찌 보면 엄청나게 값진 지혜를 얻은 것이다.

만약 그가 나한테 마음을 두고 있는 게
확실하다면 선을 좀 넘어도 괜찮다.

그러나 실패할 가능성을 줄이고 싶다면
사귀기 전까지는 너무 적극적으로 행동하지 않는 게 좋다.

'잘못된 만남'이
현실이 될 때

되도록 지인과 연인이 함께하는 자리는
안 만드는 게 좋다.
괜한 분란의 불씨를 키울 필요는 없으니까.

"저는 남자친구와 지인과 셋이서 종종 만났는데요. 남자친구가 지인과 눈이 맞았어요. 지인은 마치 나를 약 올리려는 듯 행동했고, 그 상황을 즐기는 것처럼 보였어요. 1년이 지났지만, 아직도 그 일이 떠오르면 화가 나고 제가 졌다는 감정에 휩싸일 때가 있어요. 제가 너무 미련스러운 걸까요? 어떻게 하면 현명하게 넘길 수 있을까요?"

툭 까놓고 말하자면, 그 지인이라는 사람은 자기가 남자 보는 눈이 없다는 걸 아직 깨닫지 못했다. 그녀가 남자에게 느끼는 매력의 기준이 굉장히 보잘 것 없는 것이라 여기면 된다.

보통 사람이라면 여자친구가 있는 상황에서 남자가 나에게 여지를 줬을 때는 오히려 적극적으로 밀어내야 정상이다. 그런데 그러지 않았다면 그 사람이 평소에 어떻게, 어떤 남자를 만나서 연애해왔는지 안 봐도 뻔하다.

사연자는 시간이 지나고도 문득 그 생각이 떠오르면 자신을 탓하게 된다고 했다. 하지만 이 일에서 이 여성의 잘못은 전혀 없다. 지인의 남자 보는 눈이 부족했고, 그 남자가 나빠서 일어난 일이지 이 여성이 대처를 잘못해서 일어난 일이 아니라는 것이다. 다만 앞으로를 위해 이것 한 가지는 기억해 줬으면 한다.

내 연인과 지인들이 함께 만나는 자리는

웬만하면 안 만드는 게 좋다.

세상일은 모르는 것이고

사람 마음도 알 수 없기 때문이다.

살다 보면 부득이하게 같이 만나는 자리가 생길 수도 있다. 그랬을 때 특히 남자들이 주의해야 할 사항이 있다. 당신이 연인에게 하는 행동을 친구나 지인들에게 똑같이 하는 경우가 있다. 지인들한테 음식을 먼저 담아서 준다거나, 물을 따라준다거나, 문을 잡아준다거나, 의자를 빼준다거나, 차 문을 열어준다거나, 이런 행동은 물론 매너가 몸에 배어 있기 때문이다.

하지만 연인과 함께 있다면 다른 이들한테는 웬만한 배려도 하지 않는 게 좋다. 그렇다고 예의를 갖추지 않고 차갑게 굴라는 게 아니다.

예를 들어보겠다. 여자친구의 지인들과 만난 자리에서 내 핸드폰으로 어떤 사진을 찍게 됐는데 지인 여성이 그 사진을 공유해달라고 한다. 내가 그 여성에게 사진을 보내려면 연락처를 물어보거나 메신저 친구 등록을 해야 한다. 이럴 때 어떻게 해야겠는가? 정답은 여자친구한테 "자기한테 보낼 테니까 전달 좀 해줘"라고 하는 것이다.

이렇게 무례하지 않으면서 선을 지키는 사람이

여자친구가 볼 때도, 지인들이 볼 때도 '괜찮은 사람'으로 보인다.

그리고 이렇게 한 끝 차이가 '바른' 행동이 관계를 좌우한다.

물론 연인의 지인들과 두루 친해지는 것도 좋다. 하지만 그건 어디까지나 내 연인이 그러기를 바라는 타이밍에 그렇게 하는 것이지, 그전에는 조심하는 게 좋다.

이별의 아픔이
비료가 되도록

사람은 자신감이 전부다.
단 근거 없는 자신감이어선 안 된다.
자신감의 원천을 스스로 쌓는 노력을 하고
이성 앞에서 흔들림 없는 모습을 보여줘야 한다.

남자는 섬세하고 생각이 많은 성격의 소유자였다. 이별과 재회를 반복하는 긴 연애를 끝낸 후 관계 자체에 회의가 생겼다. 더 이상 누군가에게 곁을 주지 못하게 되었고, 열정적으로 다가가지도 않게 되었다. 마음의 울타리가 더 높아졌고 그 문을 열기가 힘들었다.

그러다 우연히 알게 된 여자는 남자를 많이 좋아했고 먼저 적극적으로 다가와주었다. 남자는 이렇게 생각했다.

'이 정도로 나를 좋아해주니까 관계를 위해서도 나보다 더 노력해주겠지.'

남자는 여자의 고백을 받아들였다. 그러나 한 달 만에 이 관계는 끝이 났다. 두 사람의 관계는 무엇이 문제였을까?

이 사례는 전형적으로 생각 많고 걱정 많은 남자의 연애 방식이다. 쉽게 헤어지는 악순환의 굴레에서 벗어나고 싶다면 좀 더 자신의 감정에 솔직해져야 한다. 이런 성향의 남자들에게 조언하자면, 내가 좋아하면 다가가는 것이고, 사귈 만큼 좋아하지 않는다면 굳이 관계를 진전시키지 않는 편이 좋다. 그러나 관계를 잘 쌓아나가고 싶다면 적극적으로 나서야한다.

상대방의 마음은 내가 어쩔 수 있는 게 아니니까.

상대방의 마음을 내가 걱정한다고 해서 해결될 일은 없다.

또한 '이 정도로 나를 좋아해주니까 관계를 위해서도 노력해주겠지' 하는 건, 어디까지나 당신의 생각일 뿐 사랑은 그렇게 공식대로 흘러가지 않는다.

그럼 여자의 입장에서, 왜 한 달도 안 되어 이 관계를 끝내게 되었을까? 그건 이 남자의 생각과는 다를 수 있다. 남자와 상담을 이어가던 중에 또 다른 사실을 알게 되었다. 단지 남자의 좋아하는 감정이 충분하지 않아서만은 아니었다. 여자는 매사에 자신감 있는 사람이었고, 남자는 그런 여자 앞에서 자기도 모르게 주눅이 들었다는 것이다.

이 남자는 아주 조심성 있고 섬세한 성격이다. 여자친구는 이 남자와 사귀어보니 다정하고 좋은 사람인 건 알겠지만, 막상 결정적인 순간에는 자신을 향한 열정도 진심도 느껴지지 않아서 남자로 보이지 않았던 것이다.

이 남자는 좀 더 자신의 감정에 솔직할 필요가 있었다. 관계를 잘 발전시키고 싶었다면 남성적이고 적극적인 모습을 보여야 했다. 상대방이 적극적으로 다가와줬다면 자신감을 가져도 되었는데 말이다.

사람은 자신감에 따라 많은 것이 달라진다.

단, 근거 없는 자신감이어선 안 된다.

자신감의 원천을 스스로 쌓는 노력을 하고

이성 앞에서 자신감 있는 모습을 보여줘야 한다.

　과거에 힘든 연애를 했다? 그래서 자신감이 없다? 그런 경험은 어떻게 소화하느냐에 따라 인생의 비료가 될 수 있다. 그 경험이 바로 자신감의 근거가 된다.

　나쁜 경험을 깨부수고, 다지고, 딛고서 올라가라. 그렇게 실패의 아픔을 이기고 한번 올라서 보면 당신은 더욱 단단한 사람이 되어 있을 것이다.

이거 하나만 보면
결국
떠날 사람인지 알 수 있다

그 사람이 겁이 많은지 아닌지에
초점을 두고 알아가길 바란다.
겁이 많다는 건 무슨 뜻일까?
둘 사이의 불화를 두려워한다는 의미다.

'쓰레기 콜렉터'라고 불리는 여자. 환승 이별, 잠수 이별, 양다리 등 최악의 상황은 다 만났다.

이런 경우라면 만남을 시작할 때 상대방이 겁이 많은 사람인지 아닌지에 초점을 두고 알아가길 바란다. 둘 사이의 불화를 얼마나 겁내는지를 보라는 것이다. 그럼 상대방이 겁이 많은지 없는지를 어떻게 알까? 서로 알아가면서 본인한테 하는 행동을 보면 느껴진다.

예를 들어 나의 경우, 친구와 약속이 잡힐 것 같은 낌새만 보여도 바로 아내에게 언급해둔다. 다음 주 주말에 친구와 만날 것 같다고 해보자. 그럼 아내에게 어떻게 말해야 할까?

① **다음 주 주말에 친구 만나서 술 한잔할 것 같아.**
② **혹시 다음 주 주말에 우리 일정이 있나?**

정답은 ②다. 약속부터 잡고 통보하는 게 아니라 일정이 없는지 먼저 묻는 것이다. 그런 다음 아무 일이 없다고 하면 그때 친구를 만날 것 같은데 괜찮겠느냐고 묻는다. 물론 나는 결혼했기 때문에 모든 일을 더 디테일하게 조율을 해나가긴 하지만, 연애를 할 때도 이런 과정은 필요하다.

왜 이렇게까지 하느냐고? 불화가 두렵기 때문이다. 내가 사랑하는 이 사람과 오해없이 잘 지내고 싶기 때문이다.

주로 '남성적' 이미지의 사람들은 무언가를 할 때 상의가 아니라 통보하는 경우가 많다. 연애를 할 때는 이런 스타일이 박력 있어 보이기도 하고 주도적으로 보여서 매력을 느낄 수 있다. 그런데 그 지점이 함정이기도 하다.

결혼 못지않게 연애를 하는 것도 일상생활과 결부된다. 연애란 서로의 스케줄을 끊임없이 조율하고 맞춰가는 과정이다. 그런데 지속적으로 만나면서 이런 상대방의 성향이 나에게 스트레스로 다가오면 그제야 문제가 수면 위로 올라온다.

자꾸 나쁜 사람만 만난다면 자신을 한번 점검해볼 필요도 있다.
그간 성향보다 너무 외모만 보고 연인을 선택하진 않았는지
상대에게 너무 헌신하고 맞춰주기만 한 건 아닌지.

외모만 보고 만났다면 이제는 다른 점도 두루 살피려고 노력하면 된다. 나도 20대 초중반 때는 연애할 때 만난 사람들이 다 쓰레기인 줄 알았다. 그런데 지나서 느낀 게 내가 그런 사람들만 좋아했던 거였다. 이걸 빨리 깨닫고 사람 보는 눈을 키워야 한다.

그리고 너무 상대방한테 잘해준다 해도, 그 자체가 나쁜 게 아니라 배신한 사람이 나쁜 거다. 그런데 헌신한 사람은 배신당했을 때 그렇지 않은 경우보다 타격이 크다. 그러니 더 이상 상처받고 싶지 않다면 연인에게 너무 모든 감정을 쏟아붓지 말고 자신을 더 아끼길 바란다.

힘들겠지만 나를 향한 마음이
딱 그 정도인

사람이었다는 사실을
받아들여야 한다.

인생을 꼬일 뻔한 최악의 순간을
피했다고 생각하자.

이걸 겪었으니까
이제 그런 사람을 더 잘 알아볼 수
있을 것이다.

바람피우고
남자들이
하는 말

남자에게는 섹스를 했는지 아닌지가 아주 중요하다.
그러니까 그 여자랑 관계를 했다면
남자에게 그 여자는 어떤 식으로든 의미를 갖는다.

"남자친구가 바람을 피웠어요. 다른 여자와 밤을 보냈고, 그 사실을 제게 들켰죠. 바로 이별을 통보했지만 남자친구가 용서를 구하니까 마음이 좀 흔들려요. 머리로는 만나면 안 된다는 걸 알지만, 한 번쯤은 눈을 감아볼까 하는 생각도 드는데, 어떻게 하면 좋을까요?"

한번은 용서해줄까 하는 생각이 조금이라도 드는 이유는 육체적인 관계보다 정서적인 관계를 더 중요하게 생각하기 때문이다. 여성이라고 육체적 관계가 중요하지 않다는 게 아니다. 가치를 어디에 두느냐는 사람마다 다르지만 많은 경우 여성이 정서적 관계를 더 중시하는 편이다.

남자친구가 바람은 피웠지만 나를 더 사랑한다고 느낄 수도 있다.

"내가 진짜 사랑하는 사람은 너야. 그 여자는 그냥 하룻밤 상대일 뿐이었어."

이런 말에 기분이 나빠야 하는데 남자를 진짜 사랑하는 여자는 사실이라고 믿는다. 아니, 그렇게 믿고 싶다.

상대방이 바람을 피운 것을 알았을 때, 여자와 남자의 반응은 꽤 다르다. 여자친구가 바람피운 사실을 알게 된 남자는 대개 가장 먼저 이걸 물어본다.

"그 남자랑 잤어?"

이와 달리 남자가 바람피운 사실을 알았을 때, 많은 경우 여자가 가장 궁금한 건 이거다.

"그 여자 사랑해?"

이게 남자와 여자의 차이다.

남자에게 섹스를 했는지 아닌지가 아주 중요하다. 그러니까 그 여자랑 관계를 했다면 남자에게 그 여자는 어떤 식으로든 의미를 갖는다. 그래 놓고는 '그 여자랑 잤지만 진짜 사랑하는 건 너'라는 논리를 내세우는 건 어불성설이다.

사랑하지 않아도 같이 밤을 보낼 순 있다.

그렇다고 해서 같이 밤을 보낸 게

아무것도 아닌 건 아니다.

자기가 일은 저질러놓고 상대방에게 어떤 말을 하면 용서해줄지 남자는 알고 있다. 그러니까 여자친구한테 용서를 구하는 거다. 바로 이 점에 소름이 끼쳐야 하는데 몰라서 혹은 알면서도 속아 넘어가는 사람이 많다.

있어서는 안 되는 일이겠지만 만약 이런 상황에 처하게 된다면, 당신은 어떤 판단을 내릴 것인가. 이 글의 내용들을 잊어선 안 될 것이다.

한 번이라도
차인 적이 있다면
알아야 할 것

남자에게 늘 차이는 여자와
여자에게 늘 차이는 남자.
그 둘의 이유는 완전히 다르다.

남자에게 차였다면 두 가지를 생각해볼 수 있다.

① 그 사람은 처음부터 당신과 같은 마음이었을 가능성이 거의 없다.
② 사귄 후에도 그 사람은 당신에게 매력을 못 느꼈다.

속단하는 것처럼 느낄 수 있겠지만 보편적으로 그렇다. 두 사람의 관계에서 남자가 일방적으로 이별을 선언한다면 그는 애초에 마음이 정해져 있던 경우가 훨씬 많다. 그리고 만나면서도 조만간 헤어져야겠다고 생각하면서 만난다.

반면 차인 쪽은 연애 시작부터 끝까지 그냥 진심이었다. 계속 처음부터 끝까지 쭉. 그러다가 차이면 '내가 너한테 잘해준 것밖에 없는데 내가 왜 차여'라고 억울해한다.

여자한테 늘 차이는 남자와 남자한테 늘 차이는 여자는 다르다. 남자가 여자한테 몇 번이고 차인다면, 그가 상대방을 너무 좋아해서, 그게 매력이 없어서 차인 것이다. 여자들은 처음엔 남자를 그리 좋아하지 않아도 사귀면서 상대에게 매력을 느낄 수 있다.

반면 남자는 처음에 매력을 못 느끼면 사귀어도 변하지 않는 경우가 많다. 그래서 여자가 먼저 대시하니까, 혹은 괜찮을 것 같아서 사귀었다가 계속 매력을 못 느껴서 차는 것이다. 남자는 아무리 자기한테 잘해줘도 처음부터 이성적인 매력을 못 느꼈다면, 그걸 더 크게 생각한다.

그러니까 이런 경우가 반복되고 있다면 여자는 자신한테 매력을 못 느끼는 유형의 남자를 계속해서 선택하고 있는지도 모른다. 이런 상황에 놓인 여성들의 특징은 내가 사랑에 깊게 빠져야 관계를 시작한다는 것이다. 그래야 뭔가 사랑을 하는 것 같다고 느낀다. 하지만 이대로는 같은 상황을 반복하면서 비슷한 패턴으로 또 차일 수 있다.

이런 아픔을 계속 겪고 싶지 않다면 연애 패턴을 바꿀 필요가 있다.

자신을 좋아해주는 사람에게 마음을 여는 연습을 해보자.

지금,
사람 보는 눈을 바꾸지
못하면 생기는 일

20대의, 본인이 가장 열정적이고 순수했던 시절의
기억을 잊지 못하고 그리워한다.
그래서 그때 만났던 사람이 자꾸 생각나고
결혼도 그런 사람과 해야
진짜 사랑이라고 생각하는 것이다.

"이상하다고 생각할 수도 있겠지만, 저는 20대에 만난 한 남자와 수십 번 만나고 헤어졌어요. 더 조건이 좋은 다른 사람을 만나도 성에 차질 않아요. 오히려 객관적으로 조건이 좋지 않은 전 연인이 자꾸 생각이 나요. 그 사람을 다시 만나 헌신적인 사랑을 하면 되지 않을까 하는 생각마저 들고요. 이제 30대라 결혼도 하고 싶은데 어쩌면 좋을까요?"

20대에는 오직 연애를 위한 연애를 한다. 그러다 30대를 넘어서면 결혼을 생각하게 되면서 현실적으로 사람을 보는 나름의 기준이 생긴다. 그런데 이 여성은 20대에, 본인이 가장 열정적이고 순수했던 그때 연애했던 기억을 잊지 못하고 그리워한다. 그래서 그때 만났던 사람이 자꾸 생각나고 결혼도 그런 사람과 해야 그게 진짜 사랑이라고 생각하는 것이다.

많은 사람이 결혼은 정말 사랑하는 사람과 해야 한다는 환상을 가지고 있다. 물론 결혼은 사랑하는 사람과 해야 한다. 그런데 다른 건 무시하면서 '내 감정을 요동치게 만드는 사람만이 진짜 사랑'이라는 생각은 착각이다.

강렬한 자극이 앞서는 사람은 오히려 독이 될 수 있다.
이런 사실들을 깨닫고 마음이 편안한 연애를 해보면
지금까지 너무 감정만 앞세워 사람을 만났다는 생각이 든다.
그러면서 사람 보는 눈이 바뀐다.

그런데 이 여성은 아직 이런 과정이 없었던 것 같다. 주변에서 괜찮다고 얘기하는 안정적인 사람들을 만나도, 이 사람이 전 연인을 만날 때 느꼈던 감정의 반밖에 못 느낀다고 여기는 것이다. 그런데 그게 사랑이 아닌 게 아니다. 이런 관계 또한 사랑이다.

하지만 이 여성은 사랑이 아니라고 생각하고 항상 밀쳐내고 있다. 그 사람만큼은 아니었으니까. 하지만 그런 안정적인 사람들이 오히려 건강한 연애를 할 수 있는 파트너일 가능성이 높다.

사랑의 정의를 스스로 다시 내려보길 바란다.
사랑은 다양한 감정이 복합적으로 모여 만들어지는 것이다.
내 인생이 보이지 않을 정도로 사랑에 매몰되는 건 해롭다.
나와 너의 인생, 그리고 우리의 인생이 보여야 한다.

아직 경험해보지 못한 안정적인 사랑을 하루라도 빨리 경험해보는 것이 좋다. 그래야만 전 연인이 내 인생에서 사라질 수 있다. 상대방이 나를 얼마나 좋아하는지는 차치하고서, 그 사람 자체가 괜찮은 사람이라서 지지해주고 싶은 느낌이 드는 이성. 그런 사람을 만나라. 결혼할 파트너는 연애할 때와는 전혀 다른 사람일 수도 있는 것이다.

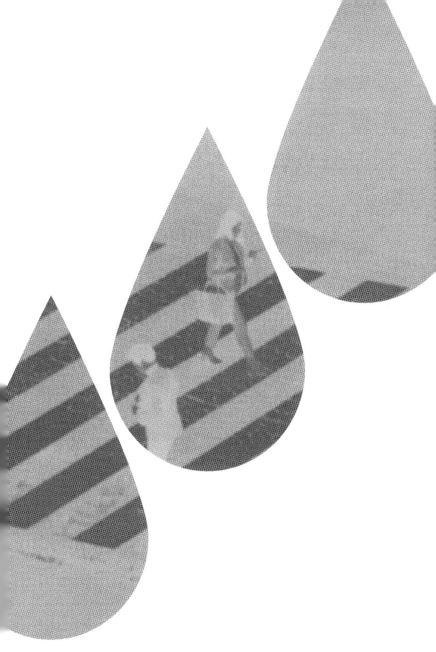

163

돌아선 상대의 마음을
되돌리는
유일한 방법

본인으로서는 6개월'밖에' 안 남았는데
좀 기다려달라고 하고 싶을 것이다.
하지만 상대방이 원하는 건 '지금 당장'
내 옆에 있어줄 사람이다.

전역까지 6개월 정도 남은 남자는 여자친구와 헤어질 위기다. 여자친구가 기다리기 힘들다며 헤어지자고 했기 때문이다. 휴가까지는 3일이 남았고, 마지막으로 얼굴 보고 이야기하기로 약속했다.

아무리 군대가 많이 바뀌었다고 하더라도 현실적으로 거리가 멀고 만나는 데 제약이 따르니 연애를 지속하는 게 힘든 상황이긴 하다.

많은 여성들은

보고 싶을 때 만날 수 있는 것을

중요하게 생각하는 편이다.

사소하지만 오늘 하루 있었던 일들을 연인에게 브리핑하는 것에서 위안을 받기도 한다. 상대방이 공감을 해주고 감정 이입해주면 더할 나위 없이 좋다. 그런데 어떡하나, 남자친구가 군대에 있는데…!

남자로서는 6개월 '밖에' 안 남았는데 좀 기다려달라고 하고 싶을 것이다. 하지만 아무리 훌륭한 언변으로 여자친구를 회유해봤자 잘 안 될 가능성이 크다. 상대방이 원하는 건 지금 당장 내 옆에 있어줄 사람이기 때문이다.

그럼 방법이 없을까? 휴가를 받을 수 있으면 연인을 만나서 이렇게 얘기해라. 절대 붙잡지 마라. 그 반대다.

"지금 네가 원하는 남자친구의 역할은 만나고 싶을 때 만날 수 있는 남자일 텐데 아무래도 현실적인 제약 때문에 나는 그걸 해줄 수 없잖아. 나도 네 심정 이해하니까 다시 만나자고 말하는 것도 내 욕심인 것 같다. 6개월이 길다면 길고 짧다면 짧은 시간이지만 그때까지는 연락 안 할게. 전역하면 다시 연락할게. 그 시점에 네가 괜찮다면 만나서 밥이나 같이 먹자."

그렇다고 상대방이 '헉' 해서 다시 마음을 돌릴… 리는 없다. 미안하지만 그건 거의 불가능하다. 다만 약간 당황하긴 할 것이다. 분명 자기를 설득하려 할 거라고 생각했는데 이렇게 나오니까, 물론 깔끔하게 끝나서 좋긴 한데… 그런데… 그런데… 기분이 좀 이상하다. 그리고 집에 돌아가는 길에 생각이 많아질 것이다.

'내가 찼는데 내가 왜 차인 것 같지?'

그러고 나면 남은 6개월 동안 그녀한테서 연락이 한 번쯤 올 수도 있다. 만약 연락이 안 온다고 해도 전역 날짜는 의식하고 있을 것이다. 그리고 전역 날짜가 지났는데도 남자한테서 연락이 안 오면 궁금할 것이다.

'그때 전역하면 연락한다고 했는데 왜 연락이 없지?'

물론 사랑하는 사람을 눈앞에 두고 그렇게 담담하게 말하는 게 쉽진 않을 것이다. 눈물을 삼켜야 할지도 모른다. 그럼에도 불구하고 그걸 해내면 그나마 6개월 뒤에 가능성이 있다. 이게 남아 있는 거의 유일한 희망이다.

어느 쪽에 베팅할 것인가? 지금 힘들고 고통스럽더라도 어떻게든 버티며 가능성을 남겨둘 것인가, 아니면 지금의 감정 때문에 아주 진득하게 매달려보고 다시는 그 여자를 못볼 것인가?

군대에서의 6개월은 매우 길게 느껴진다. 쉽지 않겠지만 그 연인이 어디 안 간다고 생각하라. 어디 간다면 또 어떤가, 다른 사람 만나면 되지. 담대하게 용기를 내야 할 시간이다.

좀 더 의연해질 필요가 있다.
상대방의 행동을 더 자연스럽게
받아들여도 된다.

재회에 갈급할수록
조급해하지 말고,
당분간은 차분히 상대방의
상황을 먼저 살펴라.

그리고 그 사람이 원하는
나의 모습이 무엇인지를
제로베이스부터
다시 생각하라.

재회에
성공하고
싶다면

상대방이 나에 대한 확신이 사라진 상태라도
돌이킬 수 있다는 믿음으로 다가가야 한다.
아무것도 안 하면 그냥 이대로 끝나는 거고.

"그 사람이 제 어떤 행동과 말에 서운함이 쌓이고 커졌다며 이별을 통보했어요. 저는 마음이 아팠지만 어쩔 수 없이 존중하고 받아들였고요. 그런데 자꾸만 생각나고, 다시 만나고 싶어요. 마침 그 사람이 메신저의 프로필 배경음악을 바꿨거든요. 누가 봐도 이별을 아쉬워하는 가사의 노래로요. 제가 연락을 하면 다시 받아줄까요?"

그 사람은 잡아달라는 건 둘째 치고, 아마도 연락을 기다리고는 있을 것 같다. 그 이유가 다시 만나고 싶어서인지 아닌지는 아직 모른다. 이런 상황이라면 다시 만나고 싶은지 아닌지, 우선 자신의 입장부터 정리해야 한다.

그리고 연락할 거면 빨리해야 한다. 이별 후 평온을 찾고 나서 뒤늦게 뜬금없이 연락받으면, 상대방은 감정 정리가 끝난 뒤일 수 있기 때문이다. 그래서 이성적으로 감정을 컨트롤하지 못하는 지금, 메신저 프로필 음악으로 자신의 심경 변화를 드러내는 이때, 원하는 감정을 충족시켜주면 가능성이 있다. 다만 만약, 이미 다른 사람이 생긴 뒤라면 어떻게 해도 승산이 없으니까 타이밍을 놓치지 말아야 한다.

아직 상대방이 자기감정을 추스르지 못할 때

완전히 마음을 정리하기 전에

치고 들어가야 가능성이 있다.

남자들은 헤어질 때 여자한테 직접 말하지 못하더라도 속으로 꼭 하는 생각이 있다.

'나랑 헤어져도 나보다 더 좋은 남자를 못 만날 거야.'

사실 여부와 관계 없이 그만큼 상대방에게 최선을 다했다고 생각하는 게 남자다. 그 마음을 무시당했다거나 상대방이 안 알아줬다고 생각하면 한순간에 무너져 내린다. 그런 마음을 인정해주면 기회가 열릴 수도 있다.

싸울 때 했던 말도 있고, 다시 다가가도 거절당할까 봐 두려운가? 어차피 100%라는 건 없다. 상대방이 내 연락을 절실하게 기다리고 있는 게 확실하면 시도하겠다? 상대방 입장에서 그렇지는 않을 것이다. 만약 전 연인에게 다시 잘해보고 싶은 마음이 컸다면, 이미 당신은 그의 연락을 받았을 것이다. 그게 아니라 메신저 배경음악이나 바꾸고 있다는 건 그도 지금 혼란스럽다는 거다. 그러니까 당신 마음이 정해졌다면, 거절당할 걸 각오하고 먼저 다가가는 게 맞는다.

어떤 사람들은 무에서 유를 창조하려고 한다. 0%의 가능성이라도 상대방을 내 사람으로 만들 수 있다고 생각한다. 이별을 하고서도 내가 다시 만나자고 하면 상대방이 돌아올 거라고 생각한다. 이 사람이 나를 생각하는 마음이 지금 10이더라도, 나에게 실망을 많이 해서 100에서 10으로 깎였더라도 다시 올릴 수 있다고 믿는 것이다. 좀 무모해도 이런 경우, 그나마 재회의 확률이 있다.

그런데 낮을 확률에 몸을 사리는 정반대의 사람들도 있다. 0이면 섣부르다고 생각하고 몸을 사린다. 그래서 다시 만나자고 얘기하고 싶어도 어느 정도 확신이 들어야 다가간다. 그런데 이런 관점에서 접근하면 재회가 쉽지 않다. 상대가 나에 대한 확신이 줄어든 상태라도 내가 끌어올릴 수 있다는 믿음으로 다가가야 한다. 아무것도 안 하면 그냥 이대로 끝나는 거고. 그게 싫다면 100%의 확신을 기다리지 말고 시도하라. 남자가 여지를 준 상태라면, 아직은 나의 노력에 따라 결과가 달라질 수 있다.

고민해야 할 것은 '거절당하면 어떡하지?'가 아니라

이 사람과 다시 만나게 되면

'이전의 내 모습과 다른 모습을 어떻게 보여주지?'여야 한다.

나의 어떤 모습이 상대방을 떠나게 만들었는지 돌아봐야 한다. 스스로 절실하게 깨닫고 이전과 다른 모습을 보여줄 수 있다면 그의 마음을 되돌릴 수 있다.

헤어진 사람을
후회하게 만드는 법

많은 사람이 자신이 성공하면
그 사람이 후회할 거라고 생각한다.
그런데 한마디로 말하면 말도 안 되는 소리다.

남자는 여자친구한테 자신이 우선순위가 아닌 것 같아서 서운하다고 했다. 그랬더니 그녀가 헤어지자고 했다. 너는 정말 착하고 좋은 사람이니까 더 좋은 사람 만날 수 있을 거라고. 헤어진 후 그는 다른 사람도 만나고 운동도 해보고 다 해봤는데 그 사람 생각이 머릿속을 떠나질 않는다.

여기서 눈여겨봐야 할 건, 여자는 연애 경험이 많았고, 남자는 이 사람이 처음이었다는 점이다. 그래서 남자는 이 사람이 아니라 다른 누구와 헤어졌어도 힘들어했을 것이다. 누구나 처음 겪는 이별은 더 힘든 법이다.

본인도 알고 있다. 연인이 돌아오지 않을 거라는 걸. 그래서 더 힘든 것이다.

사실 답은 나와 있다. 돌아오지 않을 사람을 혼자 계속 생각해봤자 뭘 얻겠는가? 그 힘듦은 아무도 알아주지 않는다. 헤어지고 나서 힘들다고 하는 모든 일, 식음 전폐한다거나, 술을 마신다거나, 하는 일은 누구도 시키지 않았는데 자처하는 일 아닌가.

누구도 당신한테 밥 먹지 말라고 한 적 없다.
누구도 당신한테 술 먹으라고 한 적 없다.
그런데 헤어지고 나서 힘들면 혼자 청승을 떤다.
방구석에 틀어박혀 집 밖으로도 안 나가는 사람도 있다.

그래봤자 당신만 손해다.

조금이라도 그 사람이 후회하게 만들 방법은 없을까? 많은 사람이 차이고 나면 이런 생각을 한다. 그리고 내가 성공하면 그 사람이 후회할 거라는 생각도 한다. 그런데 이건 한마디로 말하면 말도 안 되는 소리다.

내가 찼거나 좋게 헤어진 사람이 성공했다? 그럼 '그래, 열심히 사는 좋은 애였으니까 잘됐네'라고 생각한다. 그뿐이지 후회를 하진 않는다. 내가 차이거나 안 좋게 헤어졌는데 그 사람이 성공했다? 그럼 '걔가 성공했다고? 세상이 미쳐 돌아가는구나'라고 생각한다.

애석하게도 그 사람을 후회하게 만들 방법은 없다.
아무리 내가 성공해봐야 그 사람은 후회하지 않는다.
후회하게 만드는 게 이렇게 힘든데 다른 방법을 찾으려면 더 없다.

"헤어지고 힘든 거 티 내지 마라. 행복한 모습을 보여라. 네가 행복해하면 그 사람이 배 아플 거다"라고도 말한다. 이 말이 틀린 것은 아닌 게, 사람 심리가 그렇다. 헤어진 사람의 SNS나 메신저 프로필을 봤는데 누가 봐도 힘들어하는 것 같고 불행한 게 여실히 느껴진다고 해보자. 그러면 사람은 본능적으로 차츰 발길을 끊는다.

헤어졌고 가뜩이나 좋은 기억도 없는 사람인데, 힘들어 보이는 사람이라면 내 기억 속에서 이 사람은 앞으로도 계속 힘들 사람이다라고 생각하기 때문이다.

반대로 누가 봐도 행복하게 잘 사는 게 느껴진다? 그러면 나도 모르게 잊을 만하면 한 번씩 그 사람의 SNS를 보게 된다.

그 사람이 행복해 보이면 자기부정을 하기 시작한다. '이 사람이 이렇게 잘살 리가 없어!' 그러면서 자기도 모르게 계속 들어가 보게 된다.

그렇다고 일부러 행복한 척을 하라는 말은 아니다. 다 티가 난다. 단기간에 만들어낼 수 있는 일이 아니다. 굉장히 오래 걸릴 수도 있다. 행복해 보일 정도가 되려면 한 달, 두 달 가지고 되겠는가. 현실적으로 나랑 헤어지고 몇 달 만에 인생이 달라질 정도로 행복한 일들이 생긴다는 게 말이 안 되잖은가.

그렇기에 시간을 길게 잡고 스스로 가꿔야 한다. 그래야 만 그 사람이 요만큼의 후회라도 할 것이다. 그런데 이렇게 살 수 있는 사람이라면, 그러니까 상대방을 후회하게 만들 수 있는 사람이라면 그걸 위해 자기 인생을 계획하진 않는다. 진 짜 자신을 위해 열심히 살고 행복해지면 그 사람은 더 이상 생각도 안 날 테니까.

남자는 사귀기 전에 많이 생각하고,

사귀고 나서부터는 별생각을 안 하는 경향이 있다.

그렇기 때문에 남자가 한번 돌아서면

NOT

그 마음을 돌이키기는 굉장히 힘들다.

결혼,
또 다른 시작

④

결혼은
가장 사랑하는 사람과
하는 것이 아니다

평생 함께할
사람인지
알아보는 법

배우자 복이라는 게
결혼하기에 완벽한 상대를 만나는 것을 뜻하는 게 아니다.
배우자 복은 상대방과 같이 만들어가는 것이다.

인생에서 중요한 복 중 하나가 '배우자 복'이라고들 한다. 그런데 이때 말하는 배우자 복이 결혼하기에 완벽한, 모든 게 다 갖춰진 상대를 만나는 걸 뜻하는 건 아니다. 배우자 복은 상대방과 같이 만들어가는 것이다.

물론 경제력이 어마어마한 사람과 결혼해서 인생을 편하게 살았다면 배우자 복이 있다고 말할 수도 있다. 그런데 죽기 전까지는 모르는 게 인생 아닌가. 나에 비해 여러 가지로 너무나 좋은 조건을 가진 사람이라면, 결혼해서 자신의 부족함을 감당하면서 살아가야 할 수도 있다.

결혼한 사람이 다른 건 다 괜찮은데 딱 하나, 의심과 집착이 좀 많아 보인다면 배우자 복이 있다고 볼 수 있을까? 그한 가지 때문에 결혼 생활이 불행할 가능성도 있다.

불행한 부부의 특징은 서로의 노력을 당연하게 여긴다는 것이다. 상대방이 돈을 벌고 집안일을 하는 것은 당연한 일이 아니다. 결혼 생활을 유지하기 위해 부단히 노력하고 있는 것이다. 이걸 알면 배우자가 매일 아침 일어나 일터로 가는 게 고맙게 느껴진다.

갈등 상황에 처한 연인이나 부부를 상담하면서 자주 느끼는 게 있다.

여자는 남자를 믿음직하지 못하다고 생각하고,

남자는 여자가 나를 무시하거나 배신할 거라고 생각한다.

그 전제가 깔려 있으니까

여자들은 믿을 남자가 없다고 하고

남자들은 괜찮은 여자가 없다고 한다.

　누가 먼저 믿는가의 문제가 아니다. 서로가 서로에게 좋은 사람이 되려고, 이 관계를 유지하려고 노력하는 과정에서 서로에게 가장 완벽한 짝이 될 수 있는 것이다. 앞서 말했듯 완벽한 상대는 함께 만들어가는 것이다.

요즘 사람들이
결혼 상대로
기피하는 유형

상대방이 '대리 효도'를 시키지 않을지를
중요하게 본다.
그러니까 부모를 많이 신경 쓴다는 걸
티 내봤자 좋을 게 없다.

홀어머니 밑에서 자란 외동아들인 남자는 나이가 들면서 혼자인 어머니를 잘 챙겨드려야겠다는 생각에 요즘 많은 시간을 함께한다. 이성을 볼 때 중요시하는 것도 가족들 잘 챙기고 부모님께 잘하는 사람이다. 그런데 여자친구는 그런 남자에게 자꾸 서운함을 드러낸다.

'홀어머니 밑에서 자란 외동아들'이라는 구절에서부터 이미 손을 내젓는 여성이 꽤 있을 것이다. 더군다나 결혼까지 생각하는 관계라면. 결혼에서 '효도'는 굉장히 민감한 문제다. 그러니까 어머니에게 신경을 많이 쓴다는 걸 상대방에게 티를 내면 좋을 게 없다.

상대방이 그렇게 경계하는 것도 무리는 아니다. 이런 어머니들은 흔히 하나밖에 없는 아들이 결혼하면 남편과 자식을 둘 다 뺏긴 기분을 느낀다고 한다. 이건 어머니가 좋은 사람이냐 아니냐와는 별개의 문제다. 그리고 이 점은 같은 여성들이 더 잘 알고 있다.

우리 어머니 세대는 지금과 다르다.
남자가 중재자 역할을 잘해야 한다.
고부 갈등은 어떻게 보면 남자와 어머니 간의 문제다.

"여자친구한테 내가 하는 것처럼 우리 어머니에게 해주

길 바라는 건 아니에요."

이렇게 강조하는 남자가 있는데, 그런 말을 하면 할수록 여자가 받아들이기에는 수상하다. 그리고 일상에서 나도 모르게 실수하게 되는 말이 있다.

"내가 언제 너한테 우리 엄마 신경 써달라고 한 적 있어?" 이 말을 달리 해석하면 이렇게 된다. "만나면서 지금까지 한 번도 우리 엄마한테 잘한다고 못 느껴봤고 넌 앞으로도 안 그럴 여자인 것 같네." 그럼 여자는 '이 남자랑 결혼해도 되는 건가? 이 남자는 나를 그 정도로밖에 생각을 안 했구나'라고 생각하게 된다.

여자친구 눈치를 보면서 '내가 엄마랑 밥 먹으러 간다고 하면 뭐라 그럴까' 하는 생각이 드는가? 그러면 여자친구와 더 알아가는 시간이 필요하다. 여자친구와의 관계에서 신뢰를 차곡차곡 다져놓은 다음에 결혼 얘기가 나오기 시작할 때, 양측 부모에게 무엇을, 어떻게, 얼마나 해드릴지를 정리해도 늦지 않는다. 다만 반드시 구체적으로 이야기를 나눠보는 시간이 필요하다.

불행한 부부의 특징은
서로의 노력을 당연하게 여긴다는 것이다.

서로가 서로에게
좋은 사람이 되려고,

이 관계를 유지하려고 노력하는 과정에서
서로에게 가장 완벽한 짝이 될 수 있다.

상대방 집안과
경제력 차이가 난다면

결혼하기 전에 상대방의 집안에 겁을 먹고
결혼하고 나서도 주눅 드는 이유는
자신의 역할이 별 게 아니라고 생각하기 때문이다.

"남자친구가 구애해서 연애를 시작하게 됐고, 남자친구는 결혼까지 생각하고 있다고 말했어요. 그런데 이 사람의 직업이나 집안이 저에 비해 너무 좋아서 좀 부담스러워요. 아무리 서로 사랑한다고 해도 결혼은 두 집안의 결합인 만큼 현실적으로 결혼은 어려울 것 같다는 마음이 들거든요. 어차피 결혼하기 어려운 상대일 거라면 그냥 빨리 연애를 마무리하는 게 낫겠죠?"

여자는 상대방 집안에서 자신을 탐탁지 않아 할까 봐 걱정이 된다. 만약 관계가 더 깊어져 결혼 직전까지 갔는데 그런 이유로 일이 어그러진다면 그때는 회복하기가 더 힘들 것만 같다.

이런 경우 리스크를 최소화하는 확실한 방법은 그의 부모님을 최대한 빨리 만나는 것이다. 그리고 그 남자가 어떤 태도를 취하는지 보는 것이다. 부모님 뜻에 안 끌려다니고 중심을 잡아줄지….

만약 그를 2년 만나고 나서 그의 부모님을 만났는데, 그 부모가 나를 탐탁지 않게 여긴다면 얼마간의 노력이 더 필요할 수도 있다. 나이를 먹을수록 내가 감당해야 할 리스크는 더 커진다. 그럴 거면 차라리 연애 초반에 저쪽 부모를 만나서 만나서 상황을 파악하고, 노력을 해보든지 헤어지든지 하는 게 낫다.

시간을 낭비하고 싶지 않은데

불안한 요소가 있다면

그 요소를 최대한 빨리 하나씩 제거해나가면 된다.

그런데 무엇보다 잘 생각해봐야 할 것은, 상대가 그럼에도 불구하고 나를 원한다면 거기에는 그만한 이유가 있다는 것이다. 그 사람의 직업이 무엇인지는 중요하지 않다. 결혼하기 전에 겁을 먹고, 결혼하고 나서도 주눅이 드는 이유는 자신이 상대에게 별 의미가 아니라고 생각하기 때문이다.

전업으로 살림만 하더라도 그게 왜 별 게 아닌가. 성공한 사람들한테 배우자감으로 중요한 걸 한 가지만 꼽으라고 하면 많은 사람이 안정적으로 집 안의 여러 문제를 정리해주는 점을 꼽을 것이다. 돈은 자기가 잘 버니까 마음 편하게 일할 수 있도록 지원해주는 상대를 원하고 그것만으로도 충분히 고맙다고 생각한다.

부모도 마찬가지다. 많은 어른이 중점적으로 보는 건, 자기 집안에 새로운 사람이 들어와서 지금껏 일궈놓은 것들을 허물어 뜨리지 않고 잘 지속할 사람인가 하는 것이다. 남녀가 바뀌어도 마찬가지다. 여자의 능력이 뛰어나면 남자도 내조할 수 있다. 그리고 일하는 사람이 거꾸로 살림하는 사람에게 외조를 할 수도 있다.

자신에게 자부심을 가져도 된다.

지금까지 열심히 살아오지 않았는가.

그리고 앞으로도 열심히 살 것 아닌가.

그렇다면 꿀릴 게 뭐가 있겠나.

그 사람이 나를 선택한 이유를 생각하며

당당해져도 된다.

주말 부부로
살 수 있을까

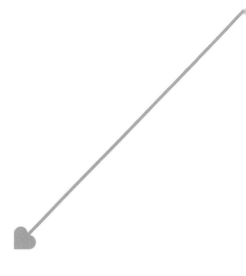

주말 부부로 살기로 했다면
출산은 쉽지 않다는 점도 염두에 둬야 한다.
아이는 부부 둘이 매달려도 키우기 힘들다는 게 내 생각이다.

장거리 연애를 하는 커플이 결혼을 생각할 때면, 주거지와 일자리 때문에 고민하게 된다. 예를 들어 여자는 서울에서 일하고 남자는 지방에 직장이 있다고 해보자. 지역을 옮겨서도 할 수 있는 일이라면 상관없지만 그렇지 않은 경우에는 주말 부부로 살아야 한다.

아이를 낳지 않을 계획이라면 차라리 다행이지만, 아이 계획이 있다면 주말 부부는 사실상 불가능하다. 현실적으로 아이가 태어나면 여자는 커리어에 공백이 생긴다. 여자는 커리어를 생각하면 당연히 결혼을 망설이게 된다.

반면에 남자의 수입이 더 많고 집까지 마련해놓은 상태라면, 그는 여자가 일을 포기하고 지방으로 내려오기를 바랄 것이다. 서로의 입장을 존중해서 주말 부부로 살기로 했다 해도 출산은 힘들다는 점도 염두에 둬야 한다. 아이는 부부 둘이 매달려도 키우기 힘들다는 게 내 생각이다. 양가 부모의 도움도 필요하다. 아이를 돌봐줄 사람을 구한다고 하더라도 부모의 손이 참 많이 간다.

현실적으로 모든 걸 충족하는 선택지는 없다.
내 인생에서 뭐가 더 소중한지 생각해보고
포기할 건 말끔하게 포기해야 한다.

만약 이도 저도 아닌 채로 결혼을 한다고 해보자. 생물학적으로 아이를 품고 낳고 키우는 데는 엄마의 손이 더 많이 갈 수밖에 없다. 게다가 주말 부부로 살면서 아이를 낳아 여자가 아이와 함께 살아야 한다면, 그녀의 생활은 더욱 힘들어진다. 의도하지 않았음에도 커리어에 지장이 생길 수도 있다. 그러니 우울감이 생기는 것도 무리는 아니다.

일을 포기하고 남자가 있는 곳으로 터전을 옮겼을 경우에도 문제는 생긴다. 일 욕심이 많았던 사람일수록 상실감을 크게 느낄 수 있다. 그리고 일과 상관없이 타지 생활에 적응을 못 할 수도 있다.

남자친구가 서울로 오더라도 똑같다. 이게 최선인지, 거기 계속 있었더라면 어땠을지, 계속 생각할 것이다. 내가 포기한 것을 끊임없이 떠올리면서, 해결하기 어려운 문제의 씨앗을 안고 사는 것이다.

결혼을 우선시해서 일을 포기하기로 했다면
완전히 새로운 출발을 한다고 생각해야 한다.
결혼 이후, 또 다른 도전 과제들이 생기게 마련인데
이전의 상황을 계속 연결 지어 생각하면 앞으로 나아가기 힘들다.

서로 사랑하고 진심으로 결혼하고 싶다면 현실적으로

어느 쪽이 득이고 실인지, 냉정하게 함께 따져본 다음 모두에게 도움이 되는 쪽으로 선택해야 한다.

혹시 주말 부부로 살 거라면 구체적으로 계획을 세우고 규칙을 정해야 할 것이다. 잔인하지만, 누가 희생을 감당할 수 있는지를 따져야 한다.

결혼에서 돈이 중요하다고 얘기하는 건
결혼 '이후'의 경제 활동을 어떻게 하느냐가
그만큼 중요하다는 뜻이다.
결혼 이후에도 인생은 길기 때문이다.

결론 없는 관계라면

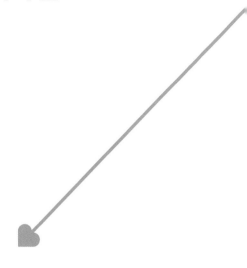

무려 12년을 만나고서 기다려 달라는 얘기만 하고
달라지는 게 없다면
한쪽이 결단을 내리는 수밖에.

30대 후반의 여자와 40대 초반의 남자는 12년째 연애 중이다. 여자가 결혼 얘기를 꺼냈으나 남자는 계속 기다려달라고 한다. 결혼하기 싫으면 헤어지자고 했더니 그건 싫다고 하면서 기다려달라고 한다. 결혼하기 싫으면 헤어지자는 명확한 선택지를 줬는데, 그거 하나 고르기 어려운 걸까? *그러나 남자에게는 헤어지는 선택지란 없었을 가능성이 크다. 그냥 현상 유지를 하고 싶을 뿐.*

미적대기만 하는 남자와 결론을 내려면
선택지를 줄 게 아니고
먼저 결정해서 통보해야 한다.

물론 관계에 아무런 문제가 없을 때는 절대 하면 안 되는 행동이다. 대화를 통해 의견을 조율하는 게 정상이다. 그런데 무려 12년을 만나고서 기다려달라는 얘기만 하고 달라지는 게 없다면 한쪽이 결단을 내리는 수밖에.

사랑하는 사람의 결혼 적령기를 놓치게 했다면 좋은 남자는 아니다. 게다가 그에 대한 책임을 계속 회피하고 있지 않은가. 적어도 상대방이 이런 얘기를 꺼내기 전에 어떻게 해서든 결론을 내렸어야 했다.

결혼을 생각한다면 연애에도 마지노선이란 게 있다.

그것을 넘겼다는 건 책임감을 전혀 느끼지 못한다는 것이다.

여기서 시간이 더 지나면 진짜 사랑하는 사람과 아이를 낳지 못할 수도 있는데, 그 가능성까지 생각하면 절대 그 시기를 모른 척하며 지나칠 수가 없다. 경제적으로도 괜찮고 준비도 어느 정도 되어 있다면 더욱 그렇다. 더 이상 끌려다니지 않으려면 이제라도 한쪽은 결론을 내려야 한다.

지금 이 사람과 헤어지면 결혼 적령기를 놓칠 것 같아요

믿는 구석이 없이 결혼하면 삶이 비참해진다.
믿는 구석이란 건 물질적인 부분뿐 아니라
내가 힘들 때 의지할 수 있는 '내면의 힘'이다.

"결혼 얘기가 오가고 있어요. 남자친구 집안에서 경제적으로 지원해주겠다고 했고요. 그런데 전에 오래 만났던 남자친구가 요즘 자꾸 생각나요. 지금 남자친구는 욱하는 성격이 있고, 술 마신 후 폭력성이 나온 적도 여러 번 있거든요.

제 나이도 어느덧 서른두 살이 되어서 슬슬 결혼을 생각하게 되는데, 과연 이 남자와 결혼해도 될지 고민이에요. 나이도 있고 여기서 헤어지면 새로운 사람과 다시 시작할 수 있을지 엄두가 안 나기도 하고요."

이 여성을 고민하게 만드는 건 두 가지다. 남자와 헤어지면 결혼 적령기를 놓칠 수도 있다는 것, 그리고 남자 부모가 경제적으로 지원해준다는 것.

지금 이 남자와 헤어지면 나이도 걸리지만, 다른 남자를 만났을 때 이 남자 부모만큼 지원받을 수 있을까. 이런 확률까지 계산하니까 더 골치 아픈 것이다.

게다가 여자도 모아둔 돈이 거의 없어서
경제적인 문제를 생각하지 않을 수 없는 것이다.

자신을 초라하게 느끼고 있으니
경제적 부분에 더 연연하게 된다.
그렇다면 더더욱 이 결혼은 위험하다.

믿는 구석이 없이 결혼하면 삶이 정말 비참해진다. 믿는 구석이란 물질적인 부분만 얘기하는 것은 아니다. 돈과 사회적 지위도 좋지만, 그 외에도 자존감과 현명함, 대처 능력 등 내가 힘들 때 의지할 수 있는 '내면의 힘'을 뜻하기도 한다.

스스로 위축된 상황에서는 어떤 선택을 해도 좋은 결과를 맞기 힘들다. 상대방이 나를 비참하게 만드는 건 두 번째고 스스로가 비참해진다.

물론 모은 돈이 없다고 남자친구한테 얘기했더니 그는 괜찮다고 했다. 그가 괜찮다고 한 건 진심일 것이다. 단, 어디까지나 결혼하기 전까지 돈을 모으지 못했던 것만 괜찮다는 거다. 결혼 이후에도, 아이를 낳은 뒤에도 괜찮다고 생각할까? 남자가 뒤늦게 결혼을 후회하면 관계는 파국으로 치달을 수 있다.

남자가 가진 단점을 보면 돈을 좀 지원받는다고 해서 결혼이라는 큰 결정을 하기에는 위험해 보인다. 그런데 사귀면서 점점 변하려고 노력하는 모습이 보여서, 그 모습에 여자는 마음이 흔들린다고 한다. 진짜 변화가 느껴지는 사람이면 함께 살면서 그의 태도를 바꿔보는 것도 나쁘진 않다. 그런데 이 점은 절대 잊어선 안 된다.

내가 믿는 구석을 먼저 만들어야 그 사람을 바꿀 수 있다.

믿는 구석이 없으면 그에게 휘둘리면 휘둘렸지

절대 그 사람을 변화시킬 수 없다.

상대방이 볼 때 '이 사람은 이런 게 있어서 내가 함부로 못 하는 사람이지'라는 게 있어야 한다. 그리고 내 입장에서도 '네가 나한테 함부로 하더라도 난 이거 믿고 가면 돼'라는 게 있어야 한다.

이게 바로 믿는 구석이다. 상대방이 어떻게 하고 말고를 떠나서 그 없이도 잘살 사람이 되어야 한다. 그래야 상대방도 나를 존중할 것이다.

아무리
좋은 사람이라도
결혼하기 힘든 이유

많은 연인을 보면서 느낀 건,
너무 잘 맞는 사이라도 헤어질 수밖에 없는 경우가
반드시 있다는 것이다.

남자친구는 게임 채널을 운영하는 유튜버다. 항상 퇴근 후 3~4시간을 게임하며 스트레스를 푸는데, 여자는 게임을 안 하니 그 점이 싫다. 게다가 남자친구와 같이 게임하는 이성들도 너무 신경 쓰인다. 여자는 결혼까지 생각하고 있는데, 가능할까?

사실 상대의 취미가 이해가 안 되면 기본적으로 만나기 어렵다. 왜냐하면 내가 계속 이해하려고 노력해야 하니까. 둘이 안 맞는 사이라는 걸 인정해야 한다. 그런데 남자친구는 자기의 그런 모습을 지켜보는 여자친구가 얼마나 힘든지를 모른다. 게임하는 걸 싫어한다는 것 정도는 알아도 이게 상대방에게 얼마나 스트레스로 다가오는지는 모를 것이다. 자기가 안 느껴봤기 때문에.

연애하면서 게임 때문에 싸우는 것과
결혼한 후에 게임 때문에 싸우는 건 비교할 수 없다.
결혼 후에는 취미를 존중하는 것 이상의 문제가 된다.

경험해보기 전까지 게임도 취미인데 존중해줘야 하지 않느냐고 생각할지 몰라도, 현실적으로 쉽지 않다. 아이를 낳으면 더 큰 문제가 된다. 게임에 대해 너무 부정적이지 않으냐고? 게임이 아니라 다른 어떤 취미라도 배우자에게 스트레스를 주는 요인이라면 다시 생각해봐야 한다.

많은 연인을 보면서 느낀 건, 너무 잘 맞는 사이라도 헤어질 수밖에 없는 경우가 생길 수 있다는 것이다. 이 여자가 고민하는 이유는 다른 건 다 괜찮은 남자이기 때문이다. 치명적으로 헤어져야 할 일이 아니기 때문에 더 결단을 내리기가 어렵다.

이런 말을 들은 적이 있다. 살면서 실패하는 사람들에게 특징이 있는데 그중 하나가 고민을 '얕고 길게' 한다는 것이다. 고민은 깊고 짧게 해야 하는데 얕고 길게 한다.

이 연인은 1년 6개월 만났다. 엄청 긴 기간은 아니다. 그런데 이 고민을 해결하지 않고, 얕고 길게 하면 3년 지나고, 5년이 지나고, 7년이 지난다.

고민을 깊게, 그러나 너무 긴 시간을 끌지 말고 해보라.
그리고 결론을 내려라.
내가 이 사람과 결혼해서 평생 이걸 이해하면서 살 수 있을까?

평생을 함께할 사람은 진짜 잘 맞아야 한다. 아무리 좋아도 안 맞는 사람이 있다. 안 맞으면 좋고 나쁘고를 떠나서 같이 평생 살기가 힘들다. 그걸 견디고 이해할 수 있을지 짧고 깊게 고민해봐야 한다.

진로와
결혼 사이

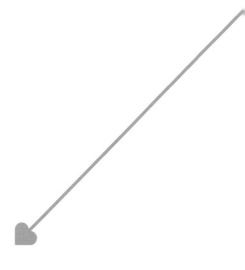

발전 없는 관계를 이어가는 사람들은 대개
지금까지 살아왔던 대로 그냥 살려고 한다.
그래서 그 관계를 못 끊어낸다.

하지만 결혼을 해야겠다면 이젠 선택해야 할 차례다.
내 인생에 뭐가 이로운 선택인가?

28세인 여자와 35세인 남자. 여자는 공무원 시험을 준비하기 위해 서울에서 본가로 내려가게 됐다. 1년 반 정도 본가에서 지낼 예정인데, 남자친구나 자신이나 자주 오가며 만나기 힘든 상황이다. 4년을 만났는데 장거리 연애를 지속하는 동안 이 관계가 끝날까 봐 벌써 걱정되고 불안하다. 불안함을 어떻게 대화로 나누며 풀어야 할지도 모르겠다.

이런 고민에 대한 해답은 두 가지로 정리할 수 있다.

하나, 시험에 합격하는 게 내 인생에서 정말 중요하고 간절하다면 남자친구가 떠날 수 있다는 가능성을 염두에 둬야 한다.

둘, 남자를 놓치고 싶지 않다면 남자친구와 결혼한 다음에 시험을 준비한다. 단, 남자친구에게 능력이 있을 때 가능한 선택이다.

시험 준비를 하는 불안한 상황에서 결혼하는 게 상대방에게 미안하고 뻔뻔한 일이라고 생각할 수 있다. 이해한다.

그런데 취업도, 사랑도 모두 다 성취하고 싶다면 당장이라도 이 남자와 결혼할 만큼의 각오가 있어야 한다. 그 정도의 각오가 서 있어야 시험에도 합격하고 남자도 놓치지 않을 것이다. 염치 불고하고 상대방이 능력이 된다면 결혼을 하고, 마음은 좀 불편하더라도 어떻게 해서든 시험에 합격하기 위해 열심히 공부해야 한다.

결혼을 잘하는 사람이나 자기가 이루고자 하는 목표를 향해서 달리는 사람이나 결국 뜻한 바를 이루는 사람들은 하나같이 독하다. 다른 말로 표현하면 목표 의식이 뚜렷하다.

공부는 해야 하는데 연인과 멀어질까 봐 두렵다?

그 정도의 마음가짐으로는 원하는 결과를 얻지 못할 것이다.

상대방을 신경 쓰고 불안해하느라 공부에 전념도 못 하고,

연인을 놓칠 위험도 커지고,

뭐 하나 제대로 되기 어렵다.

만약 상대방도 결혼할 준비가 안 되었다면 헤어지는 게 낫다고 생각한다. 더욱이 본인이 20대 초중반이라면, 그리고 둘 다 결혼할 준비가 안 되었다면 헤어지고 공부에만 전념하는 게 맞다.

이제 시험 준비를 하고 있으므로, 합격해서 결혼할 수 있을 만큼 돈을 모으려면 못해도 3~4년은 걸릴 것이다. 최소한의 비용만 쓰고 돈을 모아도 그렇다. 이런 상황을 스스로 깨닫고, 관계를 끝낸 후 혼자서 악착같이 벌 수 있는 사람이 새 출발도 할 수 있다.

그런데 시험 준비한다고 하면서 7년이고 8년이고 발전 없는 관계를 이어가는 사람들은 대개 지금까지 살아왔던 대

로 살려고 하는 이들이다. 그렇기에 그 관계를 못 끊어낸다. 결혼을 해야겠다 싶으면 경각심을 느끼고 그쯤에서 끝내야 한다.

헤어질 때가 왔다는 걸 받아들이는 그 자체가 힘든 것이다.

사랑해서가 아니라 내가 힘들 게 뻔하니까

회피하면서 미루고 싶은 것이다.

그건 두려워서이지 사랑해서가 아니다.

자기가 다 책임질 테니 결혼하고 공부하라고 얘기하는 상대방을 끊어내지 못하는 것도 아니고, 결혼 준비가 안 되어 있는 그 사람도 못 끊어내는데, 그런 각오로 시험에 합격할 수 있겠는가?

만약 용기 내서 헤어지자고 얘기를 해도 남자친구 쪽에서 못 헤어지겠다고 나오면, 이런 사람은 또 거기에 휘둘리면서 시간을 낭비할 가능성이 크다. 그러니 내가 내 인생에서 뭘하고 싶은지를 우선으로 생각하고 선택해야만 한다.

믿는 구석 없이
결혼하면
삶이 비참해진다.

믿는 구석이란
물질적인 부분만
얘기하는 게 아니다.

돈과 사회적 지위도 좋지만,

그 외에도 자존감과
현명함, 대처 능력 등

내가 힘들 때 의지할
수 있는 '내면의 힘'을
뜻하기도 한다.

결혼하면
변할 사람을 구별하는 법

하나의 작은 노력이 가져다줄 행복이 엄청나게 크다.
이 사실을 기억한다면
아무런 노력을 하지 않았을 때
순식간에 불행이 커질 수 있다는 사실도 알아야 한다.

연애할 때는 몰랐는데 결혼하고 나서 상대방이 돌변했다는 이야기를 종종 듣는다. 결혼이라는 일생일대의 결단을 내렸는데 그 사람에게서 모르던 모습이 드러나는 것만큼 두려운 게 없다. 그래서 많은 사람이 궁금해한다. 결혼하면 변할 사람을 결혼하기 전에 어떻게 알 수 있는지를.

① **내 마음에 딱 들지 않는 사람**

결혼 상대를 고를 때 가장 어려운 게 두루두루 무난한 사람을 찾는 것이다. 키도 얼굴도 평범한데, 성격도 특별하게 모난 데 없고, 직장도 안정적이고, 돈도 적당히 모아놨고, 부모 노후 걱정은 없는 사람을 찾는 게 제일 어렵다.

연애할 때는 현실적으로 조금 부족하더라도 사랑하는 마음만 크면 전혀 문제될 게 없었으니까 못 느꼈다가, 결혼할 시기가 다가오면 두루두루 적당히 충족된 사람을 막상 찾기 어렵고, 나이도 들어가니까 자꾸 한두 가지씩 타협을 하기 시작한다.

문제는 상대방에게 만족하지 못하면, 그에게 부족함을 느끼는 것이 상대에게 고스란히 드러난다는 것이다. 당연히 상대방도 그걸 느낀다. 이런 감정을 느낀다면, 누구라도 부정적으로 변하게 된다.

그러므로 상대방의 부족한 점이 내가 노력하면 만족할 수 있는 문제인지 생각해보고, 내가 노력해도 힘들겠다 싶다

면 이 결혼은 자신을 위해서라도 다시 한번 생각해보는 게
좋다.

② **노력하지 않는 사람**

자랑을 좀 하자면, 지금의 아내와 함께한 지 8년이 지났
는데 지금도 차를 탈 때 항상 아내에게 조수석의 문을 열어
준다. 그게 뭐 별거냐 하는 사람도 있겠지만, 단 한 번도 내가
문을 열어주지 않았던 적이 없다. 심지어 싸웠을 때도.

내가 열어주는 것보다 아내가 문을 여는 게 더 빠르겠다
싶을 때도 있다. 그럴 때는 한 번 정도 그냥 안 열어줘도 되지
않을까 생각은 한다. 그렇지만 그걸 행동으로 옮긴 적은 없
다. 그런 생각이 들면 오히려 더더욱 몸을 움직이려고 한다.
노력하는 거다.

그리고 아내가 "나 모기 물렸어"라고 말하면 무신경하게
"약 발라"라고 얘기하는 남자가 많다. 더 심각한 경우에는 무
시하는 사람도 있다. 나는 무조건 "약 발라줄게. 약 어딨지?"
라고 하면서 아내 스스로 할 수 있는 일을 굳이 대신해주려
는 의지를 비친다.

내가 뭔가를 하고 있을 때 이런 얘기를 들으면 그냥 흘
려듣고 싶을 때가 많다. 그렇지만 나는 작은 노력이 가져다줄
행복이 엄청나게 크다는 걸 알고 있다. 반대로 작은 노력을

하지 않았을 때, 순식간에 불행이 커질 수 있다는 것도 알고 있다.

이런 사소한 행동 하나하나가 다 노력이다. 그런데 오래 만났으니까, 편하니까 자연스럽게 행동을 생략하는 사람이 많다.

상대방이 우리 관계를 위해
최소한의 노력을 하고자 하는 의지가 있는지만
제대로 봐도
충분히 존중받고 사랑을 느끼면서
결혼 생활을 할 수 있을 것이다.

"결혼하고도 한결같은 사람들이 이상한 거야. 그 사람들도 원래대로 돌아오게 돼 있어"라는 식의 마인드를 내비치는 이들은 결혼 후에는 달라지겠다고 대놓고 선언하는 격이다.

③ **지갑 사정에 따라 감정이 요동치는 사람**

연애할 때 돈 문제에 예민한 사람들은 결혼하면 그 기복이 더 커지기 마련이고, 부담감과 책임감 또한 더 크게 느끼기 때문에 겉으로 쉽게 감정을 표출한다.

예를 들어서 지갑 사정이 넉넉지 않을 때 사람이 좀 부정적으로 변하거나 사소한 일에 괜한 짜증을 부리는 모습들이 연애할 때는 그저 단편적으로 보이는 모습이라면, 결혼 이후에는 같이 사는 사람이 그런 감정을 다 지켜봐야 하기 때문에 서로 괴롭다.

금전적인 부분은 아무래도 현실과 직결된 문제다 보니 경제적으로 힘들 때 멘탈을 잡는다는 게 쉽지 않다는 걸 안다. 특히 가장이라면 부담을 크게 느끼는 이들이 많기에 더 그렇다.

다만, 여기서 말하는 건 일시적으로 힘든 상황에도 쉽게 감정이 요동치느냐 하는 것이다. 힘든 현실을 아예 체념해버리고 노력조차 하려고 하지 않고 포기하는지 알아야 한다.

연애할 때부터 지갑 사정에 따라
감정이 요동치는 게 적나라하게 겉으로 드러나는 사람은
다시 생각해보는 편이 좋다.

결혼 준비는 보통 경제적으로 어느 정도 준비가 됐을 때 시작한다. 양쪽 모두가 준비가 거의 안 돼 있다고 생각하는데 덜컥 결혼부터 하는 경우는 잘 없으니까. 그래서 결혼 전에 본 상대방의 모습은 어쩌면 한쪽 면에 불과할 수 있다. 경제적으로 크게 어려움을 느끼지 못했던 시기의 모습들만 봐왔던 게 전부라면, 반대의 상황에서 그 사람의 모습이 어떨지는 힘든 상황에 닥쳐보지 않는 이상 알 수 없다. 그렇기에 이런 문제에 대해 심도 깊은 대화를 통해 서로의 생각이 어떤지 알아보는 게 중요하다.

물론 지금은 "이겨내면 되지"라고 말해도 실제로 그 상황이 닥치면 또 어떻게 될지는 아무도 알 수가 없다. 그럼에도 불구하고 결혼을 하기 전에 이런 얘기를 나눠본 적이 있는 부부와 그렇지 않은 부부들의 차이는 크다.

결혼 자금보다
중요한 것

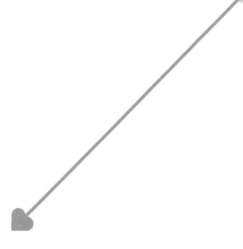

결혼은 최소한의 자금과
앞으로도 둘이 계속 벌 자신감만 있어도
충분히 가능하다.

"저는 결혼하기 전에 적어도 1억은 모으고 결혼하고 싶어요."

액수는 달라도 이렇게 말하는 사람이 많다. 통장에 얼마가 있으면 자신 있게 결혼을 추진할 수 있을 것 같은가? 1억? 2억? 사람마다 기준은 있겠지만 내가 생각했던 그 돈이 통장에 있어도 막상 결혼하려고 하면 막막하게 느껴지는 경우가 대부분이다. 일단 그만큼 돈이 모였을 때 내가 결혼할 사람이 옆에 있을지 없을지부터가 미지수다.

물론 돈은 중요하고 결혼할 거면 열심히 모아야 한다. 문제는 너무 돈에만 집착하는 경우다. 그러면 다른 중요한 가치를 살필 수 없게 된다. 돈만 쫓다가 그보다 더 중요한 것을 놓칠 수 있는 것이다.

결혼한 사람들은 다들 이렇게 얘기한다.

"결혼은 돈으로 하는 게 아니다."

"돈 없으면 결혼하고 나서 돈 모아라."

일부 맞는 말이기는 하다.

결혼은 최소한의 비용과 자신감만 있어도 가능하다. 취업 후 결혼하기 전까지 몇 년이나 돈을 벌었는가? 해봐야 4~5년, 좀 일찍부터 사회생활을 시작한 사람들은 10년 내외일 것이다. 그런데 결혼한 뒤로는 죽을 때까지 최소 30~40년

간 일하게 될 것이다. 정년 퇴직을 한다고 경제 활동을 안 하는 것도 아니기 때문이다. 그러면 기껏해야 4~5년 모은 돈은 상대적으로 별것 아닐 수 있다.

결혼을 잘못하면 그 돈 날리는 것 또한 일도 아니다. 결혼에서 돈이 중요하다고 얘기하는 건 결혼 이후의 경제 활동을 어떻게 하느냐가 그만큼 중요하다는 뜻이기도 하다.

돈이 없어서 결혼을 안 하겠다, 결혼을 포기했다고 말하는 사람들은 내 미래 가치가 없다고 생각하는 사람들과 다를 바 없다. 나는 미래에도 지금이랑 별반 다를 게 없이 답이 없을 거라고 생각하니까 결혼은 포기하는 것이다.

둘이 같이 앞으로 계속 벌 자신이 있으면 지금 모은 금액은 크게 중요하지 않다. 물론 최소한의 비용은 모으는 게 좋겠지만 그 금액이 이후의 삶에 미칠 영향은 생각처럼 그렇게 크지 않다는 것이다.

소수의 상위 계층을 제외하면 대부분의 사람이 다 고만고만하게 산다. 현금 자산으로 1억을 쥐어본 적이 없는 사람도 엄청나게 많다. 빚에 안 허덕이면 다행이다. 그럼 그 사람들은 결혼한 걸 후회할까? 그렇지 않다.

대단히 풍족하지 않아도 그런 삶에서 행복을 찾으며 살아간다. 결혼을 하고 나면 내가 살면서 한 번도 겪어보지 못한, 예상치 못했던 상황이 많이 일어난다. 그 어려움들을 헤쳐 나가면서 성장하고, 이전에 느껴보지 못한 성취감과 행복도 느끼게 된다. 나는 결혼하고 나서 '이제 더 이상 못 할 일이 없겠다'라는 생각을 비로소 하게 되었다.

당장의 결혼 자금보다

제일 중요한 건 사람이고 타이밍이다.

마음 맞는 사람이 지금 내 곁에 있다는 것 자체가

어떻게 보면 기적이다.

이 사람을 놓치지 않고

결단을 내리는 게 훨씬 더 중요하다.

편협한 사고에 갇혀서 다른 기회에 눈을 뜰 수 있는 선택지마저 스스로 저버리고 있는 건 아닌지 고심할 필요가 있다.

결혼할 상대는
찾는 것이 아니라
만드는 것

괜찮은 사람일수록 정말 사랑하는 사람을
통제하려고 하지 않는다.

여성들이 결혼할 때가 됐을 때 남자를 만나면서 많이 하는 실수 중 하나는 '결혼하기에 괜찮은 사람을 찾으려고 한다'는 것이다. 여기서 문제가 발생한다.

우선 모든 면을 다 갖춘 사람이 흔하지 않기 때문에 그런 사람 찾다가 시간이 다 가버릴 수 있다. 어느 정도 타협해서 연애를 시작해도 어차피 결혼 문턱에서는 현실의 벽에 부딪히니, 이런 관점을 지속해서 좋을 게 없다. 그렇기에 이런 생각도 해봐야 한다.

'내가 사랑하는 남자를 결혼하기에 괜찮은 남자로 바꿀 수 있을까?'

물론 가능하다. 그러려면 다음 세 가지를 염두에 두자.

① 초반에는 현실보다 감정이 중요하다.

누구나 나이가 들수록 연애를 시작하기가 망설여진다. 시간이 많지 않다고 느끼기 때문에 신중해질 수밖에 없다. 그래서 여자들은 사귀기 전에 남자가 강한 확신을 주기를 원한다.

남자들 또한 나이를 먹을수록 여자의 처음과 마지막 상대가 되기를 두려워하는 경향이 있다. 내가 이 여자의 처음이어서 좋다는 남자도 있겠지만 한편으로는 부담스럽다. 반대로 여자의 마지막 연애 상대가 되는 것도 부담스럽다.

시작하는 단계에서부터 상대방이 결혼을 너무 의식하고 있는 게 느껴지면 '내가 이 여자의 마지막을 책임져야 하는 건가' 하는 부담감에 휩싸인다.

누구나 좋아하는 감정이 먼저다.
그렇기에 시작 단계에서만큼은
상대방이 감정에만 집중할 수 있도록
분위기를 만들어주는 게 중요하다.

여자 입장에서는 '연애만 하다가 몇 년 뒤에 헤어지면 나이만 먹고 난 어떡하느냐'라고 할 수 있다. 그 연장선상에서 두 번째를 보자.

② **편안하고 안정감 있는 연애를 하라.**
우선 다른 것들은 차치하고 마음 편하게 연애를 시작하라. 그런 다음에 그 연애의 주도권을 상대방에게 넘겨보는 거다.

그리고 그의 태도를 보라. 괜찮은 사람일수록 사랑하는 사람을 통제하려고 하지 않는다. 그런데 만약 남자에게 주도권을 넘겼을 때 그 연애가 생각과 다른 방향으로 흘러가는 것 같다면 그때는 가차 없이 끊어내야 한다. 끊어내지 못하고 끌려다니면 시간만 날릴 뿐이다.

③ **상대의 집안을 너무 따지지 마라.**

상대방의 집안이 너무 안 좋아도 문제이긴 하지만, 집안의 경제력에 기대어 살 뿐 상대방 본인의 능력이 없다면 큰 문제다. 중점적으로 봐야 하는 건 집안이 아니고 그 자신의 능력이다.

대부분 '시댁이 가난한 것보다는 부족하지 않은 게 훨씬 더 좋은 것 아닌가' 하고 생각한다. 그러나 능력의 차이가 크면 평생 눈치만 보면서 살아야 할 수도 있다.

무엇보다 부모 눈치 보는 사람과는 결혼하면 안 된다.
부모가 자식을 인정하는 사람과 결혼해야
결혼 생활을 행복하게 잘할 수 있다.

상대방의 집안이 좋아서 경제적 지원을 받는 경우, 부모에게 쉽사리 자기의 의견을 피력하지 못하게 되는 경우가 많다. 그러면 그사이에서 당신은 시댁 눈치, 상대방 눈치 둘 다 봐야 하는 상황이 생긴다. 반대로 상대방의 능력이 좋은 경우는 그럴 일이 많지 않다.

후회하는
결혼은
이것 때문이다

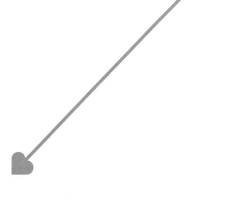

'결혼을 앞두고 쓸데없는 생각이 많아지는 거겠지.
이 정도의 고민은 누구나 다 하는 거겠지. 그냥 결혼하자.'

결혼 이후에 삶이 행복하지 않은 부부들을 보면 공통적인 특징이 있다. 결혼하기 전에 뭔가 '쎄했는데' 그냥 했다는 것이다.

'도대체 어떻게 그럴 수가 있지? 무려 결혼인데 당연히 보류했어야 하는 것 아닌가?'

이렇게 생각하겠지만 정작 그 상황에 놓이면 이성적인 판단이 잘 안 되는 경우가 많다. '이제 와서 무를 수가 없어서' 그냥 진행하기도 한다. 연애를 오래 했다는 이유, 상견례까지 마쳤다는 이유, 지인들이나 친척들이 당연히 우리가 결혼할 거라고 생각하고 있다는 이유 등.

특히 결혼 적령기라면 이 사람이랑 헤어지고 다른 사람과 다시 연애를 시작하면, 잘되면 다행인데, 안 되면 '그냥 그때 그 사람이랑 결혼할 걸 그랬나' 후회하지는 않을까 하는 생각도 든다.

'내가 결혼을 앞두고 쓸데없는 생각이 많아지는 거겠지. 이 정도의 고민은 누구나 다 하는 거겠지. 그냥 결혼하자.'

이렇게 생각이 흐르는 경우가 많다.

15년, 20년 이상 결혼 생활을 지속한 부부들보다 결혼 3년 이내의 부부들이 이혼하는 비율이 월등히 높다.

결혼하고 나면 남은 인생에서 다른 이성이라는 선택지

가 없어진다. 그런데 평생을 이 사람과 함께라고 생각하니까 답답해지는 것이다. 그렇기에 꾸준히 노력해야겠다는 생각보다 차라리 빨리 포기하고 체념하는 사람이 점점 많아지는 것 같다.

연애할 때보다 오히려 더 참고 배려하는 게 힘들 수 있다. 그런데 결혼 생활을 20년 이상 한 사람들은 최소한 어떠한 이유에서든 그 혼란스러운 시기를 이미 거친 사람들이다. 그러니까 이혼하지 않고 계속 산다.

결혼한 지 얼마 안 된 사람들은, 아직 서로를 충분히 이해하지 못해 상대방에게 쉽게 불만이 생기고, 그 불만을 조금씩 표출하기 시작하다 다투게 되고, 결혼생활에 대한 회의를 느낀다.

그 결과, 마음은 식고 아내를 여자가 아닌 아이의 엄마로 대하는 남자들이 생각보다 많다. 아내에게서 여자로서의 기대를 내려놓고 아이 엄마의 모습만을 기대한다.

그런데 아내를 단순히 아이의 엄마로 대하고 살아가면 아이가 성장할수록 싸울 일이 많아진다. 반면 아내를 아이의 엄마가 아니라 여자로 대하고 아이보다 아내를 우선시하면 상대적으로 다툼의 횟수가 줄어든다.

남자는 아내를 아이의 엄마가 아닌 여자로,

여자도 남편을 아이의 아빠가 아닌 남자로

서로를 대하는 게 우선이다.

그런 부모의 모습을 다시 아이가 닮는다.

모든 관계는 다 주고받는 것이다.

미안함과 고마움을 잊지 않기.

사랑을 주는 것보다 이게 훨씬 더 중요하다.

사랑에 관한
거의 모든 기술

초판 1쇄 발행 2023년 12월 7일
초판 16쇄 발행 2024년 2월 19일

지은이 김달
펴낸이 이경희

펴낸곳 빅피시
출판등록 2021년 4월 6일 제2021-000115호
주소 서울시 마포구 월드컵북로 402, KGIT 19층 1906호

ⓒ 김달, 2023
ISBN 979-11-93128-64-0 03810